Adieu, primevères et coquelicots

Un roman policier de
Jacqueline Clergeau

SUSPENSE

Jacqueline Clergeau

Adieu, primevères et coquelicots

LES 2 ENCRES

Du même auteur :
Les marches de la Sagesse, collection Lignes de vie (éd. Les 2 Encres)
L'Ingénue des Folies Siffait, collection Sang d'encre (éd. Les 2 Encres)
La mal venue, collection Lignes de vie (éd. Les 2 Encres)
Marchands de mort, collection Sang d'encre (éd. Les 2 Encres)

PARU DANS CETTE MÊME COLLECTION SANG D'ENCRE
Froides Ténèbres - tome I, Émilie Genet
Aussi doux que la mort - tome 2, Émilie Genet
Soleils marins - tome 3, Émilie Genet
Pandémonium, Franck Moeslé
La Belle que voilà, Émilie Genet
Les 6 jours du Phénix, Nadine Najman
2 morts à 0, Philippe Manjotel
Concerto à 3, Michèle et Éric Meillier
Prise en eaux troubles, Jean-Paul Hublet
Les Cadavres se font la malle, Vonicke Ditisheim
Le Noyé du fort Vasoux, Jean-Michel Thirieau
Mortels Poireaux, Thierry Payan
Sous le manteau de la nuit, Tristan Marechal
Enquête au VITRIOL, Gilbert Montassier
Draconis, Christian Baciotti, Pierre Léoutre
Escale à Rochefort, Jean-Michel Thirieau
Criminelle entreprise, Pierre Bru
Cacarinettes tueuses, Thierry Payan
Oxyllon, Jeamie Audger
Habartion, Olivier Tacquet
Les cagnards de l'enfer, Jean-Jacques Hubinois
Sur les traces d'Orion, Françoise Soille
Larmes de douleur, Bernard Rougier
Les enfants du Dieu Râ, Gilbert Montassier
Tourmente au Vatican - Les Arcanes de la Papauté (tome I), Pierre Bru

Dépôt légal : avril 2010
ISBN : 978-2-35168-159-6
ISSN : 1765-0966

Tél. 02 41 56 57 30 - **http://www.les2encres.net**

La meilleure façon de se venger des méchants,
c'est de ne pas se rendre comme eux.
Marc-Aurèle

Nous n'avons pas élevé d'autel au FRIC,
comme nous l'avons fait pour la paix,
l'Honneur est à la Victoire,
ou à la Vertu ou à la Concorde.
Juvénal

Ce qui est conforme aux lois
est égal pour tous.
Lucrèce

L'homme qui fait peur à tous
doit avoir peur de tous.
Sénèque

Rien

Toi qui n'as vu la vraie misère
Tu ne pourrais me comprendre
Qui n'as erré dans cet enfer
Je ne pourrai rien t'apprendre.

Oh, toi qui n'as vu la splendeur
La richesse insultante
Montrée avec ardeur
Serais-tu vraiment contente ?

Oui, j'ai erré dans ces mondes
Alors j'en suis sortie cassée
Car je suis d'un autre monde
Et je crie très fort, c'est assez.

Dis-moi, toi assis près de moi
Non, tu ne me connaîtras jamais
Oh, cette vie pleine d'émois
C'est pourquoi je ne me soumets.

Qui suis-je ? Je ne suis rien, rien
Je passe par-ci et par-là
Un jour je partirai, c'est rien.
J'aurai vécu par-ci, par-là.

Toi, je t'aime

Oh, toi que je regarde dormir
Qui m'a aidée dans ma souffrance
Vois-tu, lorsque tu dors je t'admire
Tu me redonnes l'espérance.

Tes beaux yeux ont voulu voir pour moi
Lorsque le jour ne fut que la nuit
Oui, j'étais touchée, remplie d'émois
Car tu effaçais tous mes ennuis.

Te souviens-tu, je ne pouvais bouger
Mes cris parfois rompaient mon sommeil
Alors tu venais me soulager
Merci, ton corps faisait des merveilles.

Qui vient le matin me réveiller ?
Qui le matin descend le premier ?
Pour m'aider et me surveiller
Mais c'est toi, mon gentil infirmier.

Même si je ne peux te quitter
Et que tu n'es pas toujours content,
Toi tu me donnes joie et gaieté
Je te caresse, je t'aime tant.

Chapitre 1

Il faisait chaud en cette fin d'après-midi d'avril, et Odette Couvier avait hâte de quitter la circulation nantaise et d'arriver enfin chez elle. La journée avait été épuisante, le magazine à paraître la semaine prochaine n'était pas encore bouclé et sa nouvelle assistante lui avait tapé sur les nerfs dès le début de la matinée. La jeune femme poussa un soupir exaspéré, impatiente de rejoindre la prochaine sortie et de laisser les embouteillages derrière elle. Une pensée pour son fils qui ne tarderait pas à sortir de l'école lui décrocha tout de même un sourire. Elle se dit que, pour une fois, elle ferait l'effort de lui tenir compagnie le temps du goûter, et le questionnerait sur sa journée. Elle se souvint alors que Louis se rendait directement à son cours de violon après la classe et qu'il ne rentrerait donc pas avant dix-neuf heures.

Tant pis, ce sera pour une prochaine fois, pensa-t-elle.

Louis avait dix ans et son professeur de musique ne tarissait pas d'éloges sur lui. C'était un enfant doué. Le soir, lorsqu'il posait sa petite tête couronnée de boucles blondes contre son épaule et qu'il restait là, blotti, toutes les difficultés de la journée étaient oubliées.

À trente-huit ans, Odette était une mère de famille célibataire qui consacrait sa vie au travail et à son fils. Durant plusieurs années, elle avait mis sa vie familiale entre parenthèses, travaillant jour et nuit afin d'obtenir le statut de directrice littéraire au magazine féminin *L'Écho des Femmes.* Ces concessions s'étaient soldées par un divorce qu'elle avait fini par apprécier, préférant vivre seule qu'aux côtés d'un homme qui la trompait à tout va. Son ex-mari, Jean-Louis, était un architecte réputé qui travaillait pour la plus grande société de construction nantaise. Après le divorce, il lui avait laissé la maison et la garde de Louis qu'il prenait quelques week-ends par mois et pendant les vacances. Mais bien souvent, il était en retard ou oubliait carrément de verser la pension alimentaire.

Odette eut une moue soulagée lorsqu'elle s'engagea dans la petite rue tranquille au bout de laquelle elle vivait. Elle se gara dans l'allée et sortit sa clé de son vieux sac à main, un joli modèle en cuir de chez *Louis Vuitton* qu'elle ne pouvait se résoudre à changer. Son estomac se serra lorsqu'elle l'introduisit dans la serrure et s'aperçut que la porte n'était pas verrouillée.

J'ai oublié de fermer en partant, se rassura-t-elle.

Elle pénétra dans le vestibule, se débarrassa de son sac et de ses chaussures, et se rendit directement dans son bureau. Les couleurs désertèrent son visage lorsqu'elle vit son ordinateur portable renversé sur le sol, recouvert par les morceaux d'un vase chinois qui avait volé en éclats lors de sa chute. Les tiroirs de son bureau étaient grands ouverts, et le contenu en avait été vidé. Le miroir qui occupait un pan de mur lui renvoya un reflet fragmenté ; il s'était fissuré en étoile à la suite d'un coup porté en son centre. Odette sortit de la pièce à reculons et manqua de se tordre la cheville en trébuchant sur l'un des pions de son précieux damier en ivoire qui avait été jeté au sol, comme tout le reste.

Qui a bien pu faire ça ? s'indigna-t-elle.

Le reste de la maison n'avait pas été épargné non plus. Tout était sens dessus dessous. Son regard se posa sur un tableau accroché dans le vestibule qui avait été consciencieusement lacéré. Elle observa d'un air désolé la toile déchiquetée représentant son ancien chat, qu'elle avait peint elle-même.

Ils vont me le payer ! jura-t-elle intérieurement.

Elle pensa soudain à son fils et se dit qu'il pouvait être en danger. Elle se rua sur le téléphone et chercha fébrilement dans son carnet d'adresses le numéro du professeur de violon.

Les quelques sonneries lui parurent interminables.

– Allô ? fit une voix d'homme.

– Bonjour, je suis la maman de Louis. Pourriez-vous lui dire que je passerai le récupérer après son cours ?

– Ah, madame Couvier ! J'ai justement essayé de vous joindre pour vous avertir que Louis ne s'est pas présenté aujourd'hui. Y a-t-il un problème ?

– Non, tout va bien, répondit Odette d'une voix tendue avant de raccrocher.

La panique la gagnait et elle se sentait désorientée. Elle eut soudain une illumination : les voisins ! Peut-être que Louis ne se sentait pas bien et qu'il avait préféré rentrer directement à la maison.

Il a oublié ses clés et m'attend chez les voisins, pensa-t-elle.

Elle courut frapper à leur porte et comme personne ne répondait, elle sonna plusieurs fois.

Les Plisson étaient un couple charmant qui avait une fillette, Annette, un peu plus âgée que Louis. Lui était architecte et travaillait avec son ex-mari pour monsieur Avrant, et elle était infirmière. Odette ne les fréquentait plus beaucoup depuis son divorce, trois ans plus tôt, mais elle laissait volontiers son fils jouer avec la petite Annette.

Madame Plisson apparut sur le pas de la porte, un torchon entre les mains. Odette ne lui laissa pas le temps de parler.

– Aline, est-ce que Louis est chez toi ?

– Louis ? Non, je ne l'ai pas vu, répondit la femme d'un air étonné.

– Il n'est pas allé à son cours de violon et il n'est pas à la maison…

– Odette, je t'en prie, calme-toi. Il est peut-être en compagnie des hommes à qui tu as laissé un double de tes clés.

– Quoi ? s'écria Odette, je n'ai laissé mes clés à personne !

Madame Plisson fronça les sourcils, réfléchissant à toute allure.

– En rentrant du travail, j'ai vu deux hommes entrer chez toi. Ils ont ouvert la porte et ils avaient les clés ! J'ai pensé que ce devait être des amis ou des personnes de ta famille…

– À part mon ex-mari, personne n'a la clé, s'affola Odette. Je viens de découvrir que la maison a été vandalisée et mon fils a disparu.

Aline Plisson commençait à s'inquiéter sérieusement.

– Écoute, nous allons tout de suite aller voir la police et tu vas tout leur expliquer. Attends-moi deux minutes, je vais chercher mes clés de voiture.

Les deux femmes roulaient, silencieuses, en direction du commissariat. Aline poussa un soupir, l'air inquiet :

– Pour tout te dire, j'avais déjà prévu d'aller au commissariat avant ton arrivée. Charles n'est pas rentré à la maison hier soir et ce n'est pas dans ses habitudes de découcher. J'ai essayé de le joindre sur son portable, en vain. J'ai appelé sa secrétaire plusieurs fois aujourd'hui et elle ne l'a pas vu de la journée. J'ai peur qu'il ne lui soit arrivé quelque chose.

Elle se tut, le temps de s'engager sur le grand carrefour menant au commissariat, et reprit :

– As-tu des nouvelles de Jean-Louis ? Je sais qu'ils travaillaient ensemble sur un projet pour Avrant. Mon mari n'en dormait plus la nuit. Ils devaient élaborer les plans pour un nouveau chantier de construction, et étaient en désaccord avec Avrant. Selon eux, l'emplacement choisi par Avrant constitue une zone à risques, le sol n'est pas stable, et ce serait une folie de construire à cet endroit !

Odette resta ébahie face à ces révélations.

– Je ne suis pas au courant de tout ça, murmura-t-elle.

Elle fouilla dans son sac à la recherche de son téléphone portable.

– Je vais appeler Jean-Louis. Je sais, bien qu'il se garde de me l'avouer, que Louis va souvent le voir sur ses chantiers. Ils sont probablement ensemble… Et peut-être pourra-t-il nous dire où se trouve ton mari ? dit Odette tout en composant le numéro.

Elle tomba directement sur le répondeur.

– On dirait que son portable est éteint, soupira-t-elle.

Aline entra sur le parking du commissariat et se gara. Elles furent accueillies par un homme à la carrure imposante et au regard perçant. Il s'agissait du commandant Vatier qui les conduisit aussitôt dans son bureau. Il les invita à s'asseoir et écouta Odette déballer son histoire. Quand elle eut fini, Aline ajouta qu'elle aussi s'inquiétait pour son mari qui n'était pas rentré depuis la veille.

Le commandant prit rapidement les choses en main. Il envoya une équipe chez madame Couvier afin de rechercher des indices concernant l'identité des cambrioleurs et lança immédiatement un avis de recherche au sujet de l'enfant.

– En ce qui concerne votre mari, madame Plisson, nous allons attendre jusqu'à demain au cas où il se manifesterait. S'il ne le fait pas, nous ouvrirons alors une enquête, conclut-il.

Il demanda ensuite aux deux femmes de remplir une fiche d'informations les concernant. Avant de les laisser partir, il conseilla à Odette de ne pas rentrer chez elle cette nuit. Aline lui proposa spontanément de l'héberger.

– Je sais que ce n'est pas évident, mais essayez de ne pas trop vous inquiéter. Dès maintenant, nous allons commencer les recherches pour retrouver le petit Louis.

Lorsqu'elles eurent quitté le commissariat, Vatier fit appeler le lieutenant Avril dans son bureau. C'était un bel homme au visage encore jeune, malgré sa calvitie naissante, qui avait un air décidé et doux à la fois. Le commandant lui expliqua la situation et le chargea de l'enquête.

– Je m'inquiète pour l'enfant, confia-t-il. Il n'a pas le profil d'un fugueur, et s'il a été enlevé, les prochaines quarante-huit heures seront décisives.

Il se passa la main dans les cheveux, l'air fatigué.

– Prenez le capitaine Veneau avec vous, vous aurez sûrement besoin de son aide.

La nuit fut agitée pour les deux femmes qui ne réussirent pas à fermer l'œil. Le lendemain matin, Aline téléphona à sa mère à qui elle avait confié sa fille Annette. Pour ne pas l'inquiéter, elle lui raconta qu'elle avait la grippe, et lui demanda si elle pouvait garder la petite encore quelques jours. La grand-mère ne fit aucune difficulté.

Chapitre 2

La journée s'annonçait radieuse après deux semaines de pluie ; un rayon de soleil filtrait à travers de minces nuages qui ne tarderaient pas à disparaître. Vatier, accompagné d'Avril et de Veneau, avait décidé de se rendre dans le quartier de madame Couvier, afin de procéder à une enquête de voisinage. Ils commencèrent par la maison en face de celle des Couvier. Vatier sonna et tous attendirent sur le pas de la porte. Une jeune femme élégante, d'une trentaine d'années, ouvrit. Elle portait un pantalon en toile serré qui mettait en valeur ses formes parfaites. Avril l'observa discrètement, l'œil connaisseur. Le commandant Vatier se présenta, l'air gêné, tout en se passant la main dans les cheveux pour remettre en place une mèche indisciplinée. Il lui annonça qu'il aimerait lui poser quelques questions et la jeune femme s'effaça pour les laisser entrer. Elle les invita à s'installer dans le salon.

Vatier se lança :

– Madame, auriez-vous remarqué quelque chose d'inhabituel hier après-midi dans la maison d'en face ?

La jeune femme réfléchit un instant et répondit :

– Oui, j'ai vu une voiture noire se garer devant chez madame Couvier. Deux hommes sont rentrés chez elle, ils semblaient avoir la clé. Ils sont restés un bon moment et sont repartis sans rien emporter. Je me suis donc dit qu'il ne s'agissait pas de cambrioleurs et que ma voisine devait les connaître. Ne pensez pas que je passe mon temps à la fenêtre, ajouta-t-elle sur la défensive. C'est simplement que je guettais l'arrivée du médecin que j'avais appelé pour ma fille qui est malade.

– Avez-vous relevé la plaque d'immatriculation de la voiture ? demanda Avril.

– Dans quel but ? répliqua la jeune femme. Ils ne sont pas rentrés chez elle par effraction ! Je me rappelle simplement que les lettres CUB figuraient sur la plaque, je ne peux pas vous en dire plus.

– À quoi ressemblaient ces hommes ? interrogea Veneau.

– Ils n'avaient pas l'air bien vieux…

Vatier se leva.

– Madame, nous vous remercions pour votre aide. Si toutefois un détail vous revient, n'hésitez pas à nous appeler.

La jeune femme se leva à son tour, imitée par les deux autres policiers.

– Est-il arrivé quelque chose à madame Couvier ou à son fils ? Ce petit est un enfant formidable, toujours très correct.

– Louis a disparu, annonça le commandant.

– Oh, mon Dieu ! s'exclama la jeune femme. Je souhaite de tout cœur que vous le retrouviez au plus vite.

Les trois hommes saluèrent puis se rendirent chez madame Plisson.

– Vous n'avez toujours pas de nouvelles de votre mari ? lui demanda Vatier.

– Non et je suis de plus en plus inquiète, répondit Aline au bord des larmes.

Le commandant se tourna vers Odette.

– Vous n'avez reçu aucune demande de rançon concernant votre fils ?

La jeune femme secoua la tête, l'air désespéré.

Le policier leva les bras en l'air, en signe d'impuissance.

– Mesdames, nous n'avons plus qu'à attendre, en espérant trouver rapidement un indice. De notre côté, nous interrogeons le voisinage. Nous sommes aussi passés à l'école de Louis mais, d'après son institutrice, personne ne l'accompagnait lorsqu'il a quitté l'établissement à la fin de la journée. Nous continuons notre enquête, afin d'en découvrir un peu plus.

Les trois hommes leur souhaitèrent bon courage avant de prendre congé.

Vatier déposa ses collègues au commissariat et reprit la route. Il débauchait un peu plus tôt qu'à l'accoutumée, mais cette histoire de disparition le tracassait et il n'avait ni l'envie ni le courage de s'attaquer à la montagne de paperasse qui l'attendait sur son bureau. Il avait une tout autre idée derrière la tête, bien plus agréable : il allait rendre visite à Marie-Anne. Vatier et Marie-Anne se connaissaient de longue date et cette dernière avait toujours su se montrer présente dans les moments difficiles. Elle était sa confidente, et depuis quelques mois était devenue un peu plus…

Marie-Anne l'avait aidé lors d'une affaire précédente à retrouver deux chercheurs qui avaient été enlevés.

Avec l'aide de son chien, Jacky, ils avaient mené l'enquête à travers la France et avaient finalement retrouvé les disparus*. Jacky, un petit ratier doué d'une intelligence et d'un flair exceptionnels, avait été plus d'une fois d'un grand secours. Sa réputation était désormais bien connue à travers tous les commissariats de la ville. Le commandant eut un sourire en repensant à l'aventure qu'ils avaient vécue. Avril et Veneau étaient aussi de la partie et malgré la gravité de la situation, ils avaient tout de même passé de bons moments tous les quatre… où plutôt tous les cinq ! C'était grâce à Jacky que Vatier avait retrouvé Marie-Anne qui, depuis, travaillait ponctuellement à ses côtés en tant qu'auxiliaire de police. Cette dernière affaire les avait particulièrement rapprochés et aujourd'hui Vatier ne pouvait plus le nier : il était bel et bien amoureux. Marie-Anne, pour sa part, était plus réservée. La cinquantaine passée, elle estimait qu'elle n'avait plus l'âge d'agir sur un coup de tête, et préférait laisser à leur relation le temps d'évoluer avant d'entreprendre quoi que ce soit. Au début, Vatier s'était senti vexé, mais avec le temps, il avait accepté sa décision et avait cessé de la harceler pour qu'elle vienne enfin s'installer chez lui.

Après avoir traversé la moitié de la ville, il arriva à destination. Sa compagne vivait dans un joli pavillon qu'elle affectionnait particulièrement, et il la soupçonnait d'ailleurs d'avoir des scrupules à s'en séparer. Il se gara devant et traversa le jardinet, admirant au passage les bourgeons en fleur qui ne tarderaient pas à éclore en une multitude de couleurs. Il sonna à la porte et n'eut pas longtemps à attendre avant qu'elle ne s'ouvre

* cf. *Marchands de mort,* Jacqueline Clergeau, éd. Les 2 Encres.

et que Jacky surgisse pour lui faire la fête. Le petit chien lui tourna autour en jappant, signe manifeste de sa joie. Le commandant se baissa pour le caresser puis se tourna vers Marie-Anne qui lui sourit malicieusement :

– Tu ne débauches pas si tôt d'habitude, remarqua-t-elle. Je te manquais à ce point ?

Vatier se redressa et lui déposa un baiser sur les lèvres.

– Tu me manques à chaque instant, tu le sais bien. Et Titi, où est-il ?

– Ce pacha dort ! Il profite de sa vie de chat, lui !

Ils entrèrent dans la maison et s'installèrent dans la cuisine pour prendre un café.

– Que t'arrive-t-il, Jacques ? Tu as l'air soucieux.

Vatier poussa un soupir.

– Nous sommes sur une affaire qui s'annonce compliquée. Un gamin a disparu hier, et nous n'avons aucun indice… La mère est désespérée et je ne peux même pas la rassurer. Elle vit seule avec le petit. Dans la même journée, quelqu'un a pénétré chez elle… Nous avons discuté et elle ne voit vraiment pas qui peut lui en vouloir au point de saccager sa maison et de s'en prendre à son fils. Pourtant, je suis persuadé que les faits sont liés, il ne peut s'agir là d'une coïncidence.

– Elle se trouve en sécurité maintenant, au moins ? s'inquiéta Marie-Anne.

– Oui, elle est hébergée par une voisine. D'ailleurs celle-ci affirme que son mari a lui aussi disparu depuis deux jours !

Vatier eut soudain l'air pensif.

– Plus j'y réfléchis et plus je crois que ces deux disparitions ne sont pas étrangères l'une à l'autre. Mon flair ne m'a jamais trompé jusque-là. Le père du gamin et monsieur Plisson travaillent ensemble, cela peut être une piste !

– Tu as la preuve que cet homme a véritablement disparu ? questionna la quinquagénaire.

– Non, je me fie à ce que sa femme m'a raconté. Évidemment, il n'est pas à exclure qu'il ait simplement déserté le lit conjugal, mais…

– Et le père du gamin, il est au courant pour son fils ? l'interrompit Marie-Anne.

– Non. Sa femme a essayé de le joindre, mais lui aussi semble avoir disparu de la circulation.

Marie-Anne fronça les sourcils.

– Eh ben, dis donc ! Cela en fait des disparitions en peu de temps. Tout cela ne me dit rien qui vaille…

Ils discutèrent encore plusieurs heures, si bien que le moment de dîner s'annonça.

– Ce soir, tu manges avec moi, décida Marie-Anne en se levant. Et tu vas passer la nuit ici, cela te permettra de te changer les idées.

À cet instant, Titi apparut, l'œil brillant tandis qu'il avançait de sa démarche féline.

– Tiens ! Bonjour, Titi ! l'accueillit Jacques. Je t'en supplie, ne me fais pas une scène de jalousie, hein ?! Ce n'est guère le moment !

*

* *

Aline et Odette discutaient elles aussi autour d'une tasse de thé fumante.

– Et Jean-Louis qui n'allume pas son téléphone, s'énerva Odette. Je lui ai laissé une dizaine de messages et il ne m'a toujours pas rappelée. Ne s'inquiète-t-il pas de la disparition de son fils ? J'aimerais essayer de le joindre au travail, mais je n'ai pas son numéro.

Aline réfléchit un instant :

– Charles devrait l'avoir dans son calepin professionnel. Laisse-moi juste aller jeter un coup d'œil dans son bureau.

Elle se leva prestement et disparut dans l'escalier. Elle redescendit au bout de quelques minutes, l'air songeur :

– Je viens de penser à une chose, annonça-t-elle. Le bureau de Charles possède un tiroir secret où il range ses documents confidentiels. Peut-être qu'en le fouillant, nous pourrions en apprendre un peu plus et découvrir pourquoi il n'est pas rentré !

Odette se leva d'un bond pour suivre son amie à l'étage. En montant les escaliers, Aline lui expliqua que le bureau avait appartenu à un juge de grande instance du tribunal de Nantes. À sa mort, il l'avait légué à Charles qu'il connaissait depuis toujours, étant très amis avec ses parents. En entrant dans la pièce, Odette ne put retenir un cri d'admiration à la vue du meuble magnifique en bois massif, finement sculpté.

– Je crois que le tiroir se trouve ici, dit Aline en désignant le dessous du bureau. En appuyant sur un bouton dissimulé quelque part par ici, le tiroir s'ouvre tout seul, expliqua-t-elle en tâtonnant sous le plan de travail.

Odette se joignit à elle, mais ni l'une ni l'autre ne trouvaient le fameux bouton.

Les deux femmes commençaient à désespérer lorsqu'Odette s'écria :

– Je l'ai trouvé !

On entendit un petit déclic, et le tiroir s'ouvrit comme par magie. Elles échangèrent un sourire victorieux.

Elles mirent à jour une pile de documents qu'elles passèrent minutieusement en revue. Odette attira l'attention d'Aline :

– On dirait qu'il s'agit d'une lettre de mon mari, dit-elle en lui tendant une enveloppe.

Aline s'empressa de l'ouvrir et lut à voix haute :

Charles,

Tu trouveras jointes à cette lettre les dernières décisions prises par cet escroc, Avrant. Tu t'apercevras qu'il refuse de prendre en considération les conclusions de l'expert en ce qui concerne l'instabilité du sol. Avrant s'obstine à vouloir débuter le chantier de construction sur ce site dès la semaine prochaine. Nous lui avons exprimé notre désaccord, mais il ne veut rien entendre. Libre à lui ! Mais en attendant, il ne pourra rien faire tant que nous ne lui livrerons pas les plans sur lesquels nous avons travaillé. C'est une entreprise risquée, mais c'est la seule solution pour l'arrêter.

Hier, il m'a ordonné de les lui remettre, mais j'ai refusé. Malgré ses menaces, je lui tiendrai tête jusqu'au bout et j'espère que tu en feras autant. Prends soin de dissimuler les plans, les miens sont déjà en lieu sûr. Méfie-toi d'Avrant qui est prêt à tout pour arriver à ses fins.

PS : S'il m'arrive quoi que ce soit, je compte sur toi pour veiller sur ma femme et mon fils.

Ton ami,
Jean-Louis.

Les documents qui suivaient étaient les fameux plans, ainsi que des listes de chiffres incompréhensibles pour les deux femmes.

– Penses-tu qu'ils aient eu des ennuis avec Avrant? demanda Odette.

Aline passa une main sur son visage rongé par l'anxiété.

– C'est possible…

– Ces hommes sont sûrement responsables de la disparition de mon fils, murmura Odette.

Elle se leva soudain, l'air déterminé.

– Nous devons nous rendre sur ce chantier, afin de voir de nos propres yeux de quoi il retourne.

Elle arpenta la pièce et réfléchit à voix haute:

– Nous n'allons pas nous laisser abattre et rester ici à attendre sans rien faire. Comme le suggère Charles, nous ne préviendrons pas la police, nous réglerons cette affaire par nous-mêmes!

Les deux femmes décidèrent d'aller manger un morceau en attendant la tombée de la nuit pour se rendre sur le site. Aline se montra tout de même hésitante:

– Et si les policiers apprennent tout ça?

– Alors nous leur dirons qu'il est de notre devoir de retrouver les personnes que l'on aime. Après tout, qu'ont-ils fait depuis hier? Ils n'ont pas l'ombre d'une piste!

Éclairées par le faible halo de la lune, les deux femmes escaladèrent le portail du site interdit au public. L'endroit était désert; elles évoluaient lentement entre les tractopelles dont les gueules béantes avaient creusé d'énormes cratères ici et là, et les cabanons des ouvriers d'où aucun bruit ne filtrait.

– Penses-tu que le site est surveillé la nuit? questionna Aline.

– Si on se fait attraper, nous dirons que nous cherchons notre chien ! pouffa Odette.

La silhouette des machines qui se découpaient dans l'obscurité et la masse informe des monticules de terre donnaient la chair de poule à Aline. Elle fut soudain parcourue d'un frisson.

Dieu, qu'il fait froid ici ! pensa-t-elle en resserrant frileusement les pans de sa veste contre sa poitrine. Odette l'attrapa par le bras pour l'encourager à avancer.

– Connais-tu Avrant personnellement? demanda Aline pour rompre le silence.

– Avrant? Bien sûr que je le connais, soupira Odette. C'était le meilleur compagnon de débauche de mon mari. C'est lui qui l'a poussé à boire et à sortir tous les week-ends ! Il l'emmenait au casino, dans des clubs privés… Je réalise aujourd'hui que c'était une méthode efficace afin d'avoir une mainmise sur lui. Avrant n'est pas clair, il touche un peu à tout. Il est aussi agent immobilier, à ses heures perdues.

– C'est vrai, mon mari m'en a parlé ! s'exclama Aline. Il m'a dit qu'Avrant achetait des maisons pour une bouchée de pain, il les fait détruire pour ensuite construire des immeubles dont il loue les appartements à des prix faramineux. Est-il marié ?

– C'est un bel homme qui s'accommode bien mieux de plusieurs maîtresses que d'une seule femme, persifla Odette.

Les deux femmes arrivèrent devant une sorte de grand lac artificiel. Plus elles avançaient et plus elles s'enfonçaient dans la boue.

– Tu vois comme le sol est spongieux, commenta Aline. C'est pour cela que Charles et Jean-Louis ont refusé de livrer les plans. Ce terrain ne devrait pas être en zone constructible.

Elle s'interrompit et s'écria :

– Regarde là-bas, un énorme ver luisant !

Les deux femmes firent quelques pas en direction de la faible lueur.

– Mais c'est le crayon fluorescent de mon fils ! s'exclama Odette. Je lui ai acheté en Angleterre, Louis ne s'en séparait jamais.

Elles sursautèrent au son de la voix d'un homme qui se trouvait derrière elles.

– Les mains en l'air, on ne bouge plus.

Elles se retournèrent et furent éblouies par le faisceau d'une lampe torche que l'on venait de braquer sur elles.

– Que faites-vous ici ? C'est un site privé, interdit au public !

– Je m'appelle Odette Couvier et je suis à la recherche de mon fils, expliqua courageusement la jeune femme à l'inconnu dont elle ne distinguait même pas la silhouette. Et voici mon amie Aline Plisson.

Le policier baissa sa lampe torche et s'approcha des deux femmes.

– C'est dangereux par ici, lança-t-il. Un accident est vite arrivé. Et puis vous n'avez rien à faire là ! Les policiers mènent déjà une enquête que vous risquez de compromettre en agissant ainsi.

Le commandant lui avait demandé de surveiller les deux femmes, mais le jeune policier les avait laissées filer dans un moment d'inattention. Par chance, il avait repéré leur voiture garée devant le chantier et avait décidé de venir les chercher. Il les reconduisit vers la sortie et leur ordonna de rentrer chez elles.

– Prenez une bonne douche et allez vous coucher, mesdames. Soyez patientes et laissez la police faire son travail.

Il regarda la voiture s'éloigner et décida de faire un dernier tour sur le chantier avant de quitter les lieux. Il aperçut soudain la porte d'un cabanon entrouverte, et s'approcha, intrigué. Il entra et balaya l'espace exigu du faisceau dc sa lampe. Il devint soudain livide et sortit du cabanon à reculons. Il fouilla fébrilement ses poches à la recherche de son téléphone portable, laissant échapper la lampe qui lui encombrait les mains.

Après plusieurs sonneries interminables, il entendit enfin la voix rassurante de son interlocuteur.

– Commandant, balbutia-t-il, je crois bien avoir retrouvé le violon du gamin ! Mais j'ai surpris aussi les deux femmes sur le chantier… Je les ai renvoyées chez elles.

– Bon travail ! Vous pouvez rentrer maintenant…

– Merci, commandant.

Chapitre 3

Le commandant quitta avec regret le fauteuil moelleux dans lequel il venait tout juste de s'enfoncer et rejoignit Marie-Anne en train de faire la vaisselle.

– Je viens de recevoir un appel urgent. Mes hommes ont du nouveau sur l'affaire du gosse qui a disparu. Je dois y aller…

Il lui déposa un rapide baiser sur le front et se dirigea vers le vestibule, attrapant son manteau au passage. Quand la porte claqua derrière lui, elle poussa un soupir résigné. Cette nuit encore, il ne serait pas auprès d'elle.

L'entrée du chantier était éclairée par les phares de plusieurs voitures de police dont la lueur des gyrophares balayait les machines laissées à l'abandon pour la nuit. Le commandant avait dû se rendre à pied jusqu'au cabanon car le site était bien trop dangereux pour s'y aventurer en voiture. Il poussa un juron lorsqu'il se tordit la cheville dans un trou et que sa chaussure se remplit d'eau. Dans ces moments-là, il regrettait amèrement d'avoir choisi ce métier.

– Qu'est-ce que nous avons? demanda-t-il à l'expert qui l'attendait à l'entrée du cabanon.

– Nous devons relever les empreintes sur le violon et faire analyser ces traces de sang, répondit l'homme en désignant le sol en terre battue recouvert d'un liquide brunâtre.

Vatier soupira bruyamment. Si ce sang appartenait à l'enfant, cela ne présageait rien de bon. Il inspecta les lieux durant quelques minutes mais ne trouva aucun autre indice. Il décida de rendre visite à la mère de Louis dès le lendemain.

La sonnerie du téléphone tira Odette de sa douce torpeur. Elle s'empressa de sortir de son bain pour s'enrouler dans une serviette, et courut vers l'appareil.

– Allô! dit-elle d'un ton plus sec qu'elle ne l'aurait voulu.

Le commandant se racla plusieurs fois la gorge avant de lui demander de le rejoindre au commissariat, accompagnée d'Aline. La jeune femme lui demanda la raison de cette convocation, mais il refusa de lui en dire plus.

Il va nous sermonner pour notre virée d'hier soir, pensa-t-elle. Il devrait se lancer à la recherche de mon fils au lieu de jouer les moralisateurs!

Odette avait de toute manière prévu de passer au commissariat dans la matinée, car elle voulait dire à la police qu'elle avait découvert le stylo fluorescent de son fils sur le chantier. Elle s'habilla à la hâte et appela Aline pour lui demander de la rejoindre dès que possible.

Il va aussi falloir que je songe à rentrer chez moi un jour, se dit-elle en claquant la porte et en jetant un coup d'œil en direction de sa maison dont l'inspection n'avait fourni aucune piste.

Elle retrouva Aline sur le parking du commissariat.

– Tu crois qu'il est au courant pour hier soir? demanda celle-ci l'air inquiet.

Odette ne répondit pas et se dirigea vers Vatier qui les attendait sur le pas de la porte, encadré par Avril et Veneau. Les trois hommes les saluèrent et les conduisirent dans le bureau du commandant.

– Je ne vais pas y aller par quatre chemins, annonça Vatier en plongeant son regard dans celui d'Odette. Nous avons retrouvé le violon de votre fils dans un cabanon sur le chantier hier soir.

La jeune femme pâlit et s'affaissa sur sa chaise.

– Ce n'est pas tout, reprit-il d'une voix douce. Il y avait des traces de sang sur le sol et nous devons déterminer à qui elles appartiennent.

Odette essaya de se maîtriser, mais elle fondit en larmes. Aline s'approcha pour la réconforter.

– Je vous contacterai dès que j'aurai les résultats du labo, promit Vatier. Mais d'ici là, n'essayez pas de jouer les héroïnes. Nous avons déjà assez de travail comme ça sans qu'il vous arrive quoi que ce soit.

Aline baissa les yeux, sans oser répondre.

Avril s'avança vers Odette et lui demanda de le suivre.

– J'ai besoin de vous pour me confirmer que le violon retrouvé est bien celui de Louis, dit-il en lui posant gentiment la main sur l'épaule.

La jeune femme acquiesça.

– Nous nous retrouvons chez toi, dit-elle à Aline avant de disparaître.

De retour chez elle, Aline s'affala dans le canapé. Elle se sentait extrêmement lasse et n'avait envie de rien. Cette histoire accaparait la moindre de ses pensées. Où pouvait bien être Louis et qui le retenait en otage ? Elle pensa à sa fille qui était en sécurité chez sa mère et en remercia le ciel. Il était déjà assez difficile de ne pas savoir où était Charles…

Je devrais appeler ma mère pour la prévenir, pensa-t-elle.

Elle s'empara du téléphone qui trônait sur la table basse à côté du canapé et composa le numéro qu'elle connaissait par cœur. Après quelques sonneries, une voix enfantine lui répondit :

– Allô ?

– Ma chérie, c'est maman. Comment vas-tu ?

– Ça va… Je m'amuse super bien chez mamie, répondit la petite fille. Et toi, tu es toujours malade ?

– Non, je vais beaucoup mieux.

– Ça veut dire que je dois rentrer à la maison ? s'enquit Annette.

– Non, tu peux rester encore quelques jours chez mamie, si tu veux. Mais il faudrait que tu me la passes pour que je lui demande la permission.

Trop heureuse de cette bonne nouvelle et craignant que sa mère ne change d'avis, Annette s'empressa de tendre le combiné à sa grand-mère.

– Allô, ma chérie, alors tu es guérie ?

– Oui maman, ne t'inquiète pas, je vais bien. Il y a une chose dont je voudrais te parler mais d'abord assure-toi qu'Annette n'écoute pas la conversation.

Elle entendit sa mère discuter avec l'enfant, lui demandant d'aller jouer dans le jardin. Elle parlementa quelques secondes puis reprit le combiné.

– C'est bon, nous sommes tranquilles, dit-elle.

Aline entreprit alors de lui raconter le plus clairement possible et sans omettre de détails, les événements de ces derniers jours. Plus elle en racontait et plus cette histoire lui semblait irréaliste. Sa mère ne s'attendait pas à de telles nouvelles. Elle était atterrée.

– Ma chérie, je garderai Annette aussi longtemps que nécessaire. Mais tu sais que si tu veux venir à la maison ou si je dois passer quelques jours chez toi, ce sera avec plaisir !

– C'est gentil maman, mais il y a déjà Odette à la maison et puis je préfère épargner mes angoisses à Annette, répondit la jeune femme. Tu m'aides déjà beaucoup en acceptant de la garder chez toi. Surtout, ne lui en touche pas un mot, je ne veux pas qu'elle s'inquiète.

Les deux femmes discutèrent encore quelques minutes avant de raccrocher. Aline promit à sa mère qu'elle lui donnerait des nouvelles tous les jours.

Odette laissa tomber son sac et son manteau dans le vestibule avant de rejoindre Aline qui s'affairait dans le salon.

– C'est bien le violon de Louis, lança-t-elle d'un air accablé.

Son amie lui jeta un regard compatissant et lui fit signe de s'asseoir. Elle disparut quelques minutes dans la cuisine et revint avec deux bols de thé fumant, leur nouveau remède pour lutter contre l'angoisse.

– C'est Avrant qui se dissimule derrière tout ça, affirma-t-elle. Nous en avons la preuve irréfutable. Je ne comprends pas pourquoi la police ne prend pas la disparition de Charles et de Jean-Louis plus au sérieux. Et il est indéniable que cela est lié avec l'enlèvement de ton fils !

– Ils ont certaines priorités, répondit Odette. Charles et Jean-Louis ont pu choisir de disparaître volontairement, c'est pour cela qu'ils focalisent leurs recherches sur Louis.

Les deux femmes observèrent un moment de silence.

– Nous devrions aller rendre une petite visite à Avrant, conclut Odette.

Aline manqua de s'étouffer en avalant de travers sa gorgée de thé.

– Mais tu es folle ! s'écria-t-elle. Cela revient à aller se jeter dans la gueule du loup. Avrant est un homme dangereux.

Elle reprit son calme.

– Il y a quelques mois, Charles m'a rapporté un incident qui s'est produit sur un chantier. Un ouvrier s'est tué en tombant d'un échafaudage. Il était en désaccord avec Avrant en ce qui concernait les matériaux utilisés pour la construction. Personne ne put jamais le prouver, mais beaucoup furent convaincus que la mort de cet homme n'avait rien à voir avec un accident.

– Avrant l'aurait tué ? s'exclama Odette.

Aline haussa les épaules.

– Je n'en sais rien, mais rappelle-toi de la lettre de Jean-Louis. Il dit clairement qu'il est dangereux.

Odette finit son thé en vitesse et se leva.

– Je veux savoir où est mon fils et si c'est Avrant qui l'a enlevé, alors j'irai l'affronter.

La sonnerie de la porte d'entrée retentit, les faisant toutes deux sursauter. Aline se leva pour aller ouvrir et se retrouva nez à nez avec un jeune homme portant un appareil photo en bandoulière.

– Pourrais-je voir madame Couvier ? demanda-t-il poliment.

Odette s'approcha à son tour de l'entrée. À sa vue, le jeune homme brandit son appareil et la mitrailla avant de demander :

– Avez-vous une idée de l'endroit où se trouve votre fils, madame ? Et pensez-vous qu'il soit sain et sauf malgré les traces de sang découvertes par la police ?

Tout était allé si vite qu'aucune des deux femmes n'avait eu le temps de réagir.

– Fichez-moi le camp d'ici ! hurla brusquement Aline, avant de claquer la porte au nez du journaliste.

Elle se retourna vers son amie encore pétrifiée.

– Ce sont des charognards qui gagnent leur vie sur le malheur des autres, maugréa Aline. Ne t'occupe pas d'eux, ils finiront bien par nous laisser tranquilles.

Le téléphone retentit soudain et elles sursautèrent une nouvelle fois.

– Décidément, marmonna Aline avant de décrocher.

Elle tendit rapidement le combiné à Odette en lui indiquant que c'était le commandant.

– Madame Couvier, je sais que cela fait beaucoup en l'espace d'une journée, mais notre enquête avance. Je tiens à vous rassurer, le sang n'est pas celui de votre fils. En revanche, je n'ai pas de bonnes nouvelles.

Il se racla la gorge et annonça :

– Il appartient à votre ex-mari, Jean-Louis Couvier. Cependant, tout laisse à penser qu'il n'est pas mort dans ce cabanon, mais qu'il a seulement été blessé. Il n'a pas perdu énormément de sang et nous n'avons retrouvé aucune trace aux alentours.

Il se tut et perçut un silence à l'autre bout de la ligne.

– Madame Couvier, tout va bien ?

La jeune femme déglutit péniblement avant de lui répondre par l'affirmative.

– Une dernière chose, reprit-il, une dame a retrouvé le cartable de Louis non loin de votre quartier. Il se trouvait dans des buissons et nous pensons qu'il y aurait été déposé récemment. Le sac était étrangement sec, malgré la pluie qui est tombée cette nuit. Je ne sais pas à quoi jouent ses ravisseurs, mais je vous promets que nous faisons tout notre possible pour retrouver votre fils.

Il lui prodigua encore quelques paroles rassurantes avant de raccrocher.

Chapitre 4

L'homme ne portait qu'un pantalon déchiré et la brise du petit matin lui donnait la chair de poule. Il luttait pour garder les idées claires et continuer d'avancer tant bien que mal. Son visage tuméfié était gonflé et rendait sa vision difficile. Son corps lui faisait souffrir le martyr. Il pensait bien avoir un bras et des côtes cassées. Cependant, il oublia la douleur et focalisa ses pensées sur une seule idée : sortir de cette forêt et échapper à ses ravisseurs qui ne tarderaient pas à s'apercevoir de sa disparition. Il devait trouver quelqu'un qui pourrait l'aider, mais il n'y avait pas âme qui vive aux alentours. Il aurait voulu appeler au secours, mais ses cris se résumaient à un son rauque, inintelligible. L'homme se crispa et serra les dents pour enrayer la douleur. Il devait absolument quitter la forêt, sa vie en dépendait.

Odette avait passé une nuit agitée. Elle n'avait cessé de tourner dans son lit, espérant trouver le sommeil. L'absence de son fils lui était insupportable, sa disparition l'obsédait. Elle ne cessait de se demander s'il était encore en vie et dans quel lieu Avrant pouvait le retenir prisonnier. Elle s'interrogeait aussi sur le sort de son ex-mari et celui de Charles, qui n'avaient pas donné signe de vie depuis la disparition de l'enfant. La nuit lui avait semblé interminable et aux premières heures de l'aube, elle était déterminée à se rendre chez Avrant et à le faire parler.

Elle décida de se lever et se rendit sans bruit à la salle de bains pour ne pas réveiller Aline. Celle-ci lui avait gentiment prêté sa chambre d'ami et lui répétait sans cesse de faire comme chez elle. Odette lui en était vraiment reconnaissante.

De retour dans sa chambre, emmaillotée dans une épaisse serviette, Odette entendit son téléphone portable sonner. Elle avait reçu un message du commandant sur son répondeur :

Madame Couvier, pardonnez-moi de vous déranger si tôt mais j'ai une importante nouvelle à vous communiquer.

Comme à son habitude, il se racla plusieurs fois la gorge avant de poursuivre :

Nous venons de retrouver votre ex-mari, il est vivant. Il vient d'être hospitalisé, il est en état de choc. Je vous prie de me rappeler au plus vite.

Odette n'en croyait pas ses oreilles. Qu'était-il arrivé à Jean-Louis ? Elle sauta aussitôt dans son jean, enfila un chemisier et, sans prendre la peine d'avertir Aline, se précipita dehors jusqu'à sa voiture.

Une demi-heure plus tard, elle retrouvait Vatier à l'entrée de l'hôpital.

– Il est en réanimation, annonça-t-il. Il souffre de diverses blessures et est incapable de répondre à nos questions. Il a dû subir de mauvais traitements durant ces derniers jours. Nous devons lui laisser le temps de se remettre.

Il l'accompagna jusqu'à la chambre.

– Vous ne pourrez pas rester longtemps, précisa-t-il. Il a besoin de repos et de calme.

Odette entra dans la pièce et s'approcha doucement de Jean-Louis. Son visage était tuméfié et son corps recouvert de bandages.

Qui a bien pu te faire ça? se demanda-t-elle.

Elle lui posa un léger baiser sur le front et prit sa main dans la sienne. Jean-Louis entrouvrit les yeux, l'air hagard. Il sembla tout de même la reconnaître et esquissa l'ébauche d'un sourire.

– Je suis là, lui murmura-t-elle en tentant de dissimuler les sanglots dans sa voix.

Elle jeta un bref coup d'œil aux appareils qui entouraient le lit du malade; leur ronronnement tranquille avait quelque chose d'inquiétant.

– Une fois guéri, tu rentreras à la maison, dit-elle de sa voix la plus douce. Quand tout cela sera fini, nous serons à nouveau réunis tous les trois.

Jean-Louis ferma les yeux et Odette interpréta cela comme un signe d'assentiment.

– Repose-toi, je reviendrai te voir bientôt, dit-elle en lui caressant les cheveux, avant de quitter la pièce.

Elle était bouleversée et se sentait perdue comme une petite fille. Elle remarqua alors que deux policiers gardaient la porte de la chambre. Elle se sentit soulagée: ici, il ne pouvait rien lui arriver.

Vatier lui proposa de la raccompagner, mais elle refusa poliment:

– J'ai besoin d'aller marcher un peu avant de rentrer.

Elle le salua et quitta l'hôpital. Durant près d'une heure, elle erra dans les rues, humant l'air frais du matin à pleins poumons. Cela l'apaisa quelque peu. Elle récupéra alors sa voiture et prit le chemin du retour.

En arrivant chez Aline, celle-ci l'accueillit, complètement affolée :

– J'ai essayé de t'appeler plusieurs fois sur ton portable, je me demandais où tu étais passée !

Odette la serra dans ses bras et lui annonça calmement :

– On vient de retrouver Jean-Louis, il est à l'hôpital.

– Oh, mon Dieu !

Aline se laissa choir sur le canapé, écoutant en silence les dernières nouvelles qu'Odette lui rapportait.

Elle se mit ensuite à pleurer, sans pouvoir se maîtriser.

– J'ai si peur que Charles ne revienne pas, sanglota-t-elle. On ne sait pas où il est, ni même s'il est encore en vie !

Odette tenta de la réconforter :

– Nous le retrouverons, j'en suis certaine. Tout comme nous retrouverons Louis le moment venu.

Pour lui changer les idées, elle lui proposa de partager un petit déjeuner en sa compagnie. L'odeur du café et du pain grillé leur ouvrit l'appétit et leur remonta quelque peu le moral.

En début d'après-midi, elles décidèrent d'aller trouver Avrant, persuadées que lui seul détenait la clé de l'histoire. Elles arrivèrent devant un bel immeuble dans lequel se trouvaient les locaux de la société. Aline apprit à son amie qu'Avrant était propriétaire du bâtiment, ce qui lui arracha une grimace de dégoût.

Cet homme ne mérite pas ce qu'il possède, pensa-t-elle.

Elles prirent l'ascenseur pour se rendre au quatrième étage où se trouvait le bureau du patron. Elles furent accueillies par la secrétaire qui leur demanda si elles avaient rendez-vous.

– Non, répondit Odette, mais nous devons lui parler de toute urgence.

L'employée leur demanda de patienter un court instant, le temps d'appeler son patron.

– Il accepte de vous recevoir, leur annonça-t-elle en raccrochant. Mais il n'a pas beaucoup de temps, il est très occupé en ce moment.

Elle désigna une porte dans un large couloir, leur signifiant qu'il s'agissait du bureau d'Avrant. Odette frappa avant d'entrer. Le bureau d'Avrant était une pièce spacieuse, décorée avec goût et luxueusement meublée. Une grande baie vitrée occupait tout le côté droit offrant une vue imprenable sur la Loire.

Avrant accueillit les deux femmes d'un sourire froid et les invita à s'asseoir. C'était un homme d'une cinquantaine d'années qui correspondait en tout point au lieu qu'il occupait. Sa tenue, sa coupe de cheveux et son rasage étaient impeccables. Sa silhouette svelte et élancée laissait deviner une activité physique régulière.

– À qui ai-je l'honneur ? demanda l'homme d'un ton narquois.

– Vous vous souvenez de moi, monsieur Avrant, je suis Odette Couvier et voici Aline Plisson. Nous venons au sujet de la disparition de nos maris respectifs et celle de mon fils Louis, enchaîna-t-elle.

– Et en quoi puis-je vous aider ? demanda Avrant d'un air surpris.

– Nous pensons que vous n'êtes pas tout blanc dans cette affaire, rétorqua carrément la jeune femme. Et…

– Madame, je vous arrête tout de suite, la coupa sèchement l'entrepreneur. La dernière fois que j'ai vu mes deux architectes, ils étaient sur un chantier en parfaite santé. Ce qu'ils font de leur vie privée le reste du temps ne me regarde en rien. Cependant, j'ai entendu dire que votre ex-mari avait décidé de mettre les voiles !...

Il émit un ricanement avant de reprendre :

– Il a tout simplement décidé de partir en emmenant son fils avec lui et sa nouvelle conquête. Cela vous étonne-t-il ?

Odette mourait d'envie de lui dire que son histoire n'était que du vent et que son ex-mari se trouvait en sécurité à l'hôpital, mais elle se retint.

– Qu'avez-vous fait de mon enfant ? demanda-t-elle d'une voix sourde.

Avrant haussa les sourcils.

– Je vous ai dit ce dont je suis au courant... Maintenant, mesdames, vous m'excuserez, mais je n'ai plus de temps à perdre.

Il se leva pour prendre congé. Odette se leva à son tour, s'approcha de lui, et lui flanqua une paire de gifles magistrale. La surprise passée, l'homme la fusilla du regard et hurla :

– Sortez immédiatement de mon bureau !

– Nous nous reverrons, Avrant, lança Odette en franchissant le pas de la porte, suivie de près par Aline qui n'avait pas osé intervenir.

Une fois dans la rue, cette dernière poussa un soupir de soulagement.

– Pour tout te dire, je n'aurais pas eu le cran de le faire, mais ce n'est pas l'envie qui m'en manquait ! dit-elle en pouffant. Tu lui as donné une bonne leçon !

Elles reprirent la voiture et rentrèrent à la maison, frustrées de ne pas en avoir appris un peu plus sur la disparition de Louis et celle de Charles.

Dès leur retour, Odette alla s'enfermer dans sa chambre pour réfléchir. Que devait-elle faire à présent ? Contacter la police pour lui faire part de ses soupçons concernant Avrant et lui remettre les documents retrouvés dans le bureau de Charles ? Retourner à l'hôpital en espérant que Jean-Louis serait capable de lui dire qui l'avait retenu prisonnier et s'il savait où était leur fils ?

Elle s'assit sur le lit et se prit la tête entre les mains, désemparée. Elle songea soudain à Aline et Charles. Mon Dieu, elle ne pensait qu'à elle alors que son amie était dans une situation tout aussi critique ! Qu'adviendrait-il si Charles mourait, laissant seules Aline et Annette ?

Son téléphone portable sonna, mettant brusquement fin à ses élucubrations.

– Allô ?

– Maman, c'est moi…

C'était la voix de son fils.

– Louis, mon chéri ! Où es-tu ? Dis-moi, mon bébé, est-ce que tu vas bien ?

– Maman, je veux rentrer à la maison, pleurnicha l'enfant.

– Dis-moi où tu es, Louis ! cria-t-elle.

– Je sais pas, viens me chercher, maman.

La communication fut brusquement interrompue.

– Louis ! hurla Odette dans le téléphone désormais silencieux. Où es-tu ?

Elle jeta le téléphone par terre et se recroquevilla sur son lit. Aline frappa discrètement à la porte et pénétra dans la chambre. Elle s'assit près d'Odette qui lui raconta la brève discussion qu'elle venait d'avoir avec son fils. Son amie lui proposa de l'accompagner au commissariat.

– Nous devons prévenir Vatier, dit-elle d'un air déterminé, et lui révéler tout ce que nous savons.

*

* *

Le commandant se frottait le menton, l'air perplexe.

– Ce qui m'étonne, finit-il par dire, c'est que les ravisseurs n'ont émis aucune revendication. Aucune demande de rançon, aucun chantage... Nous n'en savons donc pas plus sur le motif de l'enlèvement.

Il eut un sourire compatissant pour Odette.

– Ne perdez pas espoir, madame Couvier. Je suis convaincue que nous allons le retrouver... Je vais faire mettre votre portable sur écoute au cas où il rappellerait, nous pourrons ainsi essayer de le localiser.

Il marqua un bref silence.

– Quant à vos soupçons concernant Avrant, je suis navré de vous annoncer que nous ne pouvons pas nous baser sur de simples spéculations. Sans preuve tangible, je ne peux rien contre cet homme.

Les deux femmes échangèrent un regard, pensant à la lettre de Jean-Louis. Si elles la confiaient à la police, peut-être cela permettrait-il de lui fournir une piste. Pourtant, ni l'une ni l'autre n'osa en parler au commandant.

Après leur départ, le commissaire Vivien réunit toute son équipe, Vatier, Avril et Veneau, dans son bureau pour les informer du coup de téléphone de l'enfant.

– Nous devons tout faire pour le retrouver. Cela fait maintenant quatre jours qu'il a disparu mais il est encore en vie. Il y a donc une chance pour que ses ravisseurs ne lui fassent aucun mal.

– Pensez-vous qu'Avrant soit derrière tout ça, comme l'affirment ces deux femmes ? demanda Avril en se tournant vers le commandant.

– Je crois en effet que toutes ces disparitions ont quelque chose en commun, reste à savoir quoi, répondit Vatier. Je suis aussi convaincu que ces deux-là ne nous disent pas tout ce qu'elles savent...

Après son passage au commissariat, Odette décida de rendre visite à Jean-Louis à l'hôpital. Il avait plusieurs côtes et un bras cassés et était encore en état de choc. Elle s'inquiétait beaucoup pour lui. Tous ces événements lui avaient fait prendre conscience de la place qu'il occupait dans sa vie malgré leur divorce. Elle se voilait la face depuis trois ans, mais au fond d'elle-même l'amour était toujours présent. Elle réalisait qu'en dépit de leurs différends, Jean-Louis resterait à jamais l'homme de sa vie.

Elle passa un moment à ses côtés à l'hôpital, jusqu'à ce qu'une infirmière lui demande poliment de le laisser se reposer. Odette décida donc de rentrer chez Aline pour discuter avec elle des derniers événements.

Elle rejoignit sa voiture qu'elle avait laissée dans une rue, un peu plus bas, n'ayant pas trouvé de place sur le parking de l'hôpital. Alors qu'elle traversait la rue, perdue dans ses pensées, elle vit soudain une voiture arriver droit sur elle. Figée au milieu de la route, elle ne pouvait quitter du regard l'engin roulant à vive allure qui fonçait sur elle et allait la renverser. L'espace d'une seconde qui lui sembla être une éternité, elle se força à réagir, mais ses membres semblaient ankylosés et ne voulaient plus lui obéir. Surgi de nulle part, un homme se jeta soudain sur elle, la faisant violemment basculer sur le bas-côté. Au même moment, la voiture passa à leur hauteur à une vitesse effrénée. Elle ralentit pour tourner au coin de la rue et disparut.

On vient d'essayer de me tuer, pensa Odette sous le choc.

Son ange gardien l'aida à se relever, s'assurant qu'elle n'était pas blessée.

– Une seconde de plus et ce fou vous aurait renversée ! s'exclama-t-il en époussetant sa veste.

Il observa Odette qui était blanche comme un linge.

– Je pense que le mieux serait que je vous accompagne au commissariat pour que vous déposiez plainte, suggéra-t-il.

Il la prit doucement par le bras et la jeune femme le suivit sans mot dire. Sur le trajet, Odette tenta de se ressaisir.

– Je ne vous ai même pas remercié, s'excusa-t-elle. Vous m'avez sauvé la vie !

L'homme balaya ses excuses de la main.

– Vous avez eu beaucoup de chance, il faut croire que ce n'était pas encore votre heure !

Au commissariat, ils furent accueillis par le commandant. En apprenant ce qui s'était produit, il fit aussitôt apporter une boisson chaude à Odette et pria ses hommes d'être à ses petits soins. Il entendit le témoignage de l'homme qui l'accompagnait, et prit soin de noter ses coordonnées avant de le laisser repartir. Il retourna ensuite aux côtés d'Odette, mal remise de ses émotions.

– Je ne sais pas à qui nous avons à faire, confia-t-il l'air soucieux, mais j'ai bien peur que cet incident soit lié à notre affaire. Il ne s'agit pas là d'une simple coïncidence.

Il posa une main rassurante sur l'épaule de la jeune femme.

– Vous devez vous protéger. Je vous conseille de rester chez votre voisine et de sortir le moins possible. Il y a manifestement des individus qui en veulent à votre famille.

Odette choisit ce moment pour lui parler de la lettre de Jean-Louis retrouvée dans les affaires de Charles. Vatier l'écouta avec un vif intérêt.

– Vous auriez dû nous en parler plus tôt, reprocha-t-il gentiment. Il me faut absolument cette lettre. Je vais vous raccompagner au domicile de madame Plisson pour la récupérer.

Dans l'heure qui suivit, il ordonna à ses hommes de fouiller le bureau de monsieur Plisson de fond en comble.

– Peut-être pourrons-nous trouver de nouveaux documents compromettants pour Avrant, dans les papiers de votre mari ? expliqua-t-il à Aline.

Odette réfléchit un instant.

– Vous pourriez aussi chercher chez moi, dans le bureau de Jean-Louis. Il ne l'a pas complètement vidé depuis notre divorce et il y dépose régulièrement des dossiers quand il vient voir le petit.

Vatier hocha la tête.

D'autres doivent être au courant et c'est sûrement pour ça que l'on s'est introduit chez les Couvier pour tout mettre sens dessus dessous, réfléchit-il. Reste à savoir s'ils ont trouvé ce qu'ils cherchaient…

– Passez tout au peigne fin ! cria-t-il à ses hommes.

Quelques heures plus tard, les recherches portèrent leurs fruits. Avril découvrit une lettre d'Avrant dans le bureau de Charles, et Veneau trouva la même dans les documents de Jean-louis.

Vatier les parcourut du regard.

– Mais ce sont des lettres de menace ! s'exclama-t-il.

La police n'avait jusqu'alors aucune piste convaincante, et il ne lui en fallut pas plus pour porter ses soupçons sur Avrant.

Vatier le convoqua au commissariat dans les plus brefs délais pour l'interroger.

Dès le lendemain, Avrant se rendit au commissariat, mais sa mauvaise humeur ne faisait aucun doute. À son arrivée, il précisa que son temps était précieux et qu'il n'avait aucune raison de venir justifier sa part de responsabilité dans une affaire à laquelle il était étranger. Vatier le coupa net dans son élan :

– Monsieur, vous êtes ici entre les mains de la justice, et nous devons procéder à un interrogatoire. Vous pouvez disposer d'un avocat si vous le désirez, précisa-t-il.

Il conduisit l'entrepreneur dans une petite pièce, avec une table et deux chaises pour tout mobilier. Il lui fit signe de s'asseoir et commença sans préambule :

– Vous devez être au courant de la disparition des deux architectes que vous employez, ainsi que de l'enlèvement du fils de l'un d'eux, Louis Couvier. Tous trois ont disparu depuis cinq jours maintenant.

Il marqua un silence mais Avrant ne prit pas la peine de répondre.

– Nous avons la preuve officielle d'un différend qui vous opposait à vos deux employés en ce qui concerne le chantier sur lequel vous travaillez actuellement. Nous savons aussi que les deux hommes se sont sentis menacés suite à votre désaccord.

– Certes nous n'avions pas la même vision des choses, mais cela ne fait pas de moi un criminel ou un ravisseur, répliqua Avrant.

– Où étiez-vous le 5 avril à seize heures, au moment de la disparition de Louis Couvier ? interrogea Vatier.

– À mon bureau, naturellement. Ma secrétaire pourra vous le confirmer.

– Très bien. Et maintenant parlez-moi des lettres de menaces que vous avez adressées à vos architectes.

Avrant poussa un soupir résigné :

– Je veux voir mon avocat.

Avril et Veneau, qui n'avaient pas perdu un mot de l'interrogatoire se déroulant de l'autre côté de la vitre teintée, arboraient un air soucieux.

– Couvier n'a toujours pas parlé, fit remarquer Avril. Nous aurions pourtant besoin de son aide pour retrouver son fils et son collègue.

Veneau eut une moue écœurée.

– C'est un chic type, il ne mérite vraiment pas ce qui lui arrive. Ces deux architectes ont tenu tête à Avrant et ne se sont pas laissés corrompre, c'est admirable. Ils ont su rester droits et honnêtes. Peu de gens sont aussi exemplaires lorsque de grosses sommes d'argent sont en jeu.

– La vie de Plisson et celle du gamin sont aujourd'hui entre les mains d'Avrant, soupira Avril. J'espère que nous allons réussir à lui faire cracher le morceau. Il est évident qu'il n'a pas agi seul ; il a des complices dans cette affaire.

Chapitre 5

L'enfant fut ébloui par la lumière du jour lorsqu'on lui retira le bandeau qui lui couvrait les yeux. La personne assise à côté de lui, au volant de la voiture, ouvrit la portière et le poussa sur le trottoir. Puis elle démarra en trombe et disparut au coin de la rue. L'enfant tenta de se relever mais il lui fallut plusieurs secondes avant de reprendre ses esprits. Il se frotta les yeux le temps de s'accoutumer au jour, et regarda tout autour de lui. Un sourire éclaira soudain son visage pâle.

Je suis à la maison, pensa-t-il.

Il se leva d'un bond et courut vers sa maison, appelant sa mère de toutes ses forces. Arrivé sur le perron, il tenta d'ouvrir la porte, mais elle était fermée à clé. Il secoua frénétiquement la poignée. La maison était vide.

Odette crut entendre la voix de son fils qui l'appelait, et se dit que son esprit lui jouait des tours. Lasse de cette attente interminable, elle s'approcha de la fenêtre pour respirer un peu d'air frais. Elle jeta un coup d'œil vers sa maison et cligna des yeux plusieurs fois pour s'assurer qu'elle ne rêvait pas: un enfant se tenait recroquevillé sur le perron de sa porte. Un soupçon d'espoir s'insinua dans son cœur.

Serait-il possible que ce soit mon fils ? se demanda-t-elle.

Tentant le tout pour le tout, elle hurla le prénom du garçon :

– Louis !

L'enfant releva la tête et son visage s'éclaira :

– Maman ! cria-t-il en se levant.

Odette se rua dans les escaliers, ouvrit la porte d'entrée à la hâte et courut à la rencontre de son fils.

Ils tombèrent dans les bras l'un de l'autre, pleurant et riant à la fois.

– Mon chéri, tu n'as rien ? On ne t'a pas fait de mal ?

– Non maman, je vais bien, j'ai juste eu un peu peur.

– Comment es-tu arrivé ici ? demanda Odette.

– On m'a emmené en voiture.

La jeune femme scruta les alentours. Le quartier semblait aussi paisible que d'ordinaire.

– Rentrons vite à la maison, dit-elle en serrant son fils dans ses bras.

Elle l'emmena chez Aline qui ne s'était aperçue de rien. En ouvrant la porte, elle se retrouva nez à nez avec son amie qui eut l'air soulagée.

– Mon Dieu, Odette, je t'ai entendue crier et ensuite tu as disparu ! Je me demandais…

Elle découvrit alors l'enfant qui se tenait derrière sa mère, et manqua de défaillir.

– Louis, c'est toi ? cria-t-elle en portant les mains à son visage.

– Je l'ai trouvé dans la rue, devant chez nous, expliqua Odette qui n'avait pas encore tout à fait réalisé.

Elle prit son fils dans ses bras, nichant son visage dans le creux de son cou.

– C'est fini, mon chéri, murmura-t-elle. Il ne t'arrivera plus rien…

– Je crois que je devrais appeler le commandant, finit par dire Aline en secouant la tête d'incrédulité.

Vatier fut heureux d'apprendre cette bonne nouvelle, tout en se sentant dépassé par la tournure que prenaient les événements.

Pourquoi avaient-ils subitement décidé de libérer l'enfant? ne cessait-il de se demander.

Son téléphone sonna, mettant fin à ses réflexions. Vatier décrocha et écouta attentivement son interlocuteur. Il finit par le remercier brièvement, raccrocha et appela aussitôt Avril et Veneau.

– Nous avons l'accord du procureur pour mener une perquisition chez Avrant, annonça-t-il, triomphant. Nous devons nous y rendre sans tarder.

Il attrapa sa veste et les clés de sa voiture, ses deux acolytes sur les talons.

À leur arrivée dans les bureaux de l'entrepreneur, la secrétaire leur apprit que son patron s'était rendu sur un chantier.

Tant mieux, pensa Vatier, nous pourrons travailler tranquillement!

Il lui montra son mandat de perquisition et la pauvre femme n'eut d'autre choix que de leur ouvrir le bureau d'Avrant. Elle les laissa ensuite seuls et les trois hommes se mirent au travail. Ils s'emparèrent des livrets de comptes de l'entrepreneur et se promirent de les éplucher en détail. Ils ne tardèrent pas à découvrir les doubles des lettres de menaces envoyées aux deux architectes. Cette fois, ils en avaient assez pour arrêter Avrant qu'ils avaient dû laisser filer le matin même, sans pouvoir le retenir en garde à vue.

– Quel imbécile ! s'écria Avril en brandissant les lettres. Il les garde dans son bureau alors que ce sont les preuves qui l'accablent !

Sur ces mots, Avrant fit son entrée. Le visage rouge de colère, il observa les policiers.

– Vous n'avez pas le droit de pénétrer ici sans mon autorisation !

– Désolé, mais l'effet de surprise avait son importance, répliqua Vatier.

– Nous n'aurions pas aimé que vous détruisiez de telles preuves, ajouta Avril en agitant les lettres sous le nez de Avrant.

– Et puisque vous êtes là… conclut Veneau. Il lui fit signe de se tourner pour lui passer les menottes.

Vatier savait que son instinct ne le trompait pas, il était convaincu qu'Avrant était bien celui qui avait orchestré les enlèvements. Il fut donc satisfait d'avoir pu rassembler les preuves nécessaires afin de procéder à son arrestation. Il était maintenant prêt à relever le défi consistant à faire parler Avrant en quarante-huit heures de garde à vue. Il fit signe à ses hommes d'emporter l'ordinateur, avant d'escorter le suspect jusqu'au commissariat.

Avrant était assis dans la salle d'interrogatoires qu'il avait déjà visitée dans la matinée. Cette fois, son avocat était installé à ses côtés, et il s'était résigné à suivre ses conseils. Après plus de dix heures d'interrogatoire ininterrompu et une série de preuves accablantes, il avait décidé de passer aux aveux.

Le commandant qui se trouvait en face de lui avait les yeux rougis par la fatigue, mais cela ne voilait en rien la lueur de détermination qui habitait son regard. Il attendait, silencieux, que l'entrepreneur prenne la parole.

– J'ai engagé trois hommes chargés d'enlever les architectes. Ils étaient aussi censés retrouver les lettres que je leur avais envoyées. Ils ont fouillé le domicile de Jean-Louis Couvier, et comme ils n'ont rien trouvé, ils sont allés faire un tour chez son ex-femme, car je sais qu'il y conserve certains documents. Là encore ils ont fait chou blanc. Ils pensaient que je les manipulais, ont pris peur, et n'ont pas osé aller fouiller la maison de Charles Plisson. Le jour même, je leur ai avancé une grosse somme d'argent pour qu'ils kidnappent les architectes. Ils ne devaient pas leur faire de mal, simplement les effrayer pour qu'ils me remettent les plans de construction. Mais ces deux idiots d'architectes ne se sont pas laissés impressionner et ont refusé d'obtempérer. J'ai donc organisé l'enlèvement du fils de Couvier pour qu'ils réalisent que c'était du sérieux. Son père était prêt à craquer quand il a réussi à s'échapper lors d'une minute d'inattention de la part de mes hommes. À ce moment-là, tous mes plans sont tombés à l'eau.

– Où est Charles Plisson ? demanda sèchement Vatier.

– Je ne sais pas. Ce matin, j'ai pris peur et j'ai demandé à mes hommes de le mettre en lieu sûr. Ils ne m'ont pas dit où ils comptaient l'emmener.

– Quels sont les noms de vos complices ?

– Je ne connais que l'un d'entre eux. C'est un maçon qui travaille pour moi. Il s'appelle José Rolando. Les autres sont deux de ses amis qu'il m'a certifié être des personnes de confiance. Je n'avais pas besoin d'en savoir davantage.

– Rolando travaillait sur votre chantier actuel? s'informa Vatier.

– Non, il s'occupait de la maçonnerie sur un autre chantier, sur l'île Bleue.

Vatier se passa une main sur le visage; il était exténué. Il fit signe à un jeune policier près de la porte de reconduire Avrant en cellule. Il en avait assez entendu pour l'instant. La priorité était maintenant de mettre la main sur ce Rolando. Il chargea Avril et Veneau de le retrouver dès le lendemain. Pour sa part, il avait bien besoin de se reposer et il rêvait de se retrouver dans les bras de Marie-Anne.

Sans perdre de temps, il prit la route pour se rendre chez elle. Bien qu'il la réveillât au beau milieu de la nuit, sa compagne l'accueillit avec le sourire.

– Je ne pensais plus que tu viendrais, dit-elle, la voix encore ensommeillée.

Comprenant que Jacques n'était pas disposé à aller se coucher tout de suite et qu'il avait besoin de parler, elle fit un effort pour s'extirper des brumes du sommeil. Elle prépara une infusion et tous deux s'installèrent dans le canapé de la salle à manger.

– Nous stagnions depuis quatre jours, et hier les événements se sont bousculés, annonça-t-il. Nous avons interrogé Avrant dans la matinée, mais nous avons dû le relâcher, faute de preuves. Quelques heures plus tard, le petit Louis a été libéré par ses ravisseurs… comme par enchantement! C'est à n'y rien comprendre. Nous l'avons interrogé et il affirme que c'est une femme qui le retenait prisonnier. Il n'a pas vraiment été capable de nous la décrire et il ne sait évidemment pas comment elle s'appelait ! Pour l'heure, nous n'avons toujours pas retrouvé la trace de cette femme mystère... Entre-temps j'ai réussi à coincer Avrant qui a fini par me lâcher le nom de l'un de ses complices, mais il nie avoir engagé une femme pour le gamin... Bref, j'ai mis Avril et Veneau sur le coup.

Marie-Anne l'écoutait attentivement, silencieuse. Il posa sur elle ses yeux rougis par la fatigue.

– Tout est tellement compliqué, murmura-t-il. Et ce n'est que le début...

Elle le prit dans ses bras et lui murmura de tendres paroles à l'oreille. Peu à peu Jacques se détendit enfin. Il s'allongea sur le canapé, posant sa tête sur les genoux de Marie-Anne qui lui massa les épaules. Après quelques minutes de silence, la respiration de Jacques se fit plus régulière, il venait de s'endormir. Elle s'empara d'un coussin qu'elle glissa délicatement sous sa tête avant de se lever. Puis elle déposa un tendre baiser sur ses lèvres et lui caressa les cheveux.

Voyant les premières lueurs de l'aube apparaître et décidant qu'elle ne parviendrait pas à se rendormir, elle décida de sortir Jacky qui l'observait, couché dans son couffin. Elle attrapa sa laisse posée sur le meuble de l'entrée et le chien sauta aussitôt sur ses pattes pour courir la rejoindre. À n'importe quelle heure du jour ou de la nuit, le petit chien était toujours partant pour une balade avec sa maîtresse !

Chapitre 6

José Rolando habitait un petit pavillon défraîchi de Saint-Herblain, au 22 avenue des Alouettes.

La rue était calme, Avril et Veneau ne croisèrent pas d'enfants en train de jouer au ballon ou de joggeurs courant en compagnie de leur chien. Ils traversèrent le jardinet qui se trouvait devant la maison et frappèrent à la porte après avoir essayé la sonnette qui semblait en panne. Ils détectèrent un mouvement derrière les vieux rideaux tachés d'auréoles de graisse de cuisine, et une femme trapue ne tarda pas à leur ouvrir. Elle portait un tablier maculé de taches par-dessus un survêtement usé jusqu'à la corde. Une gamine de huit ou neuf ans se tenait derrière elle. Elle observa ses visiteurs d'un œil morne, attendant manifestement qu'ils se présentent.

Ce fut Avril qui prit la parole :

– Madame Rolando ? Nous sommes de la police, dit-il en montrant sa carte. Nous aimerions parler à votre mari.

– Qu'est-ce qu'il a encore fait, celui-là ? demanda la femme avec un fort accent portugais.

– Nous aimerions simplement le voir, répondit le policier en éludant la question.

La femme s'écarta et les fit pénétrer dans le vestibule. Elle leur proposa de l'attendre dans le salon tandis qu'elle allait réveiller son mari.

– Il est rentré tard hier soir, précisa-t-elle. Il avait besoin de se reposer.

L'intérieur de la maison était sommairement meublé, seul un écran plat dernier cri et un magnifique canapé en cuir semblaient chercher leur place dans ce décor.

La femme revint au bout de quelques minutes, suivie par son mari encore tout ensommeillé. L'homme était petit et fluet, et Avril s'étonna qu'il puisse assumer un métier aussi physique que celui de maçon.

– Vous avez là un beau salon, fit remarquer Veneau.

– Oui, nous avons fait quelques petites dépenses ce mois-ci. Le patron de José lui a versé une prime, expliqua la femme d'un air gêné.

Avril se tourna vers son mari.

– Monsieur Rolando, nous vous prions de bien vouloir nous suivre au commissariat. Nous avons quelques petites questions à vous poser.

Rolando échangea quelques mots en portugais avec sa femme avant de suivre les deux hommes sans faire de difficulté.

*

* *

Odette avait l'impression de renaître. Le retour de son fils la comblait de bonheur et elle savait Jean-Louis en sécurité à l'hôpital. En somme, sa vie avait retrouvé un semblant d'ordre, alors que deux jours plus tôt la situation lui semblait désespérée. Son ex-mari se remettait lentement de ses blessures, mais les médecins étaient optimistes. Il avait brièvement discuté avec la police mais n'avait pas été d'un grand secours. L'architecte avait en effet expliqué qu'il n'avait jamais vu le visage de ses ravisseurs et qu'il était incapable de décrire le lieu de sa captivité. Après avoir marché durant plusieurs heures dans la forêt, il avait rejoint au lever du jour une route où un chauffeur de poids lourds l'avait ramassé pour le déposer à l'entrée de la ville. L'homme peu scrupuleux lui avait dit ne pas vouloir d'ennuis avec la police, et l'avait abandonné là, sans plus se préoccuper de son sort, estimant en avoir déjà fait beaucoup. Il avait été découvert plus tard, à bout de force, et on avait appelé une ambulance qui l'avait conduit à l'hôpital.

Les médecins annoncèrent à Odette qu'ils le laisseraient sortir d'ici quelques jours, à condition que Jean-Louis reste au calme et qu'il y ait en permanence quelqu'un à ses côtés pour veiller sur lui. La police lui conseilla de s'éloigner de Nantes le temps que cette affaire soit résolue. Odette prit donc les choses en main et organisa le départ de son mari dès sa sortie, pour la Loire-Atlantique, à Pornic, où un couple de vieux amis était prêt à le recevoir. Une infirmière lui rendrait visite quotidiennement, il n'y avait donc aucun souci à se faire.

Après avoir mûrement réfléchi, la jeune femme décida d'envoyer aussi Louis passer quelques jours là-bas avec son père. L'enfant avait besoin de retrouver un semblant de stabilité, et ce dépaysement lui ferait le plus grand bien. En plus, le garçonnet ne cessait de réclamer son père depuis qu'il l'avait vu à l'hôpital.

Odette posa sa tasse de thé sur la table basse et s'enfonça dans le canapé. Elle dressa l'oreille pour écouter son fils qui jouait dans sa chambre, poussa un soupir de satisfaction et ferma les yeux pour profiter pleinement de cet instant béni. Le nœud qui lui serrait l'estomac les jours précédents avait disparu, elle se sentait bien.

Au retour de l'enfant, elle avait décidé de rentrer chez elle pour qu'il retrouve au plus vite une vite normale. Elle avait chaleureusement remercié Aline de son hospitalité, lui répétant qu'elle était la bienvenue à toute heure du jour et de la nuit. Elle avait eu quelques scrupules à abandonner ainsi son amie qui se retrouvait seule, désespérée de n'avoir aucune nouvelle de son mari. Il y avait en elle une part de culpabilité, due au fait que tout s'était arrangé pour elle alors qu'Aline demeurait dans la souffrance et l'incertitude.

Je vais l'appeler, pensa Odette en s'emparant du téléphone.

Aline avait une petite voix, mais elle semblait faire face. Après avoir pris de ses nouvelles, Odette lui proposa de les accompagner à la messe, elle et Louis, le lendemain matin, pour le dimanche des Rameaux. Aline accepta avec empressement.

La journée s'annonçait magnifique. Il n'y avait pas un nuage à l'horizon, et une brise agréable balayait le visage des promeneurs en ce début de matinée.

Aline n'était pas particulièrement croyante, mais elle ne laissait pas passer une occasion de quitter sa maison vide et silencieuse. De plus, la compagnie d'Odette et de son fils lui était d'un grand réconfort. Tous les trois arrivèrent à l'église et Aline formula une prière muette, demandant à Dieu de lui rendre son mari sain et sauf. Après tout, cela ne mangeait pas de pain…

Les jeunes femmes venaient de s'installer, lorsqu'une voix bien connue les fit sursauter.

– Quelle surprise de vous trouver ici, mesdames !

Le lieutenant Avril les embrassa chaleureusement et s'assit à leurs côtés. Ils échangèrent quelques mots et la cérémonie débuta. À la fin de l'office, Avril proposa d'aller marcher ensemble un moment, ce qu'elles acceptèrent avec joie. Ils quittèrent la ville pour rejoindre les bords de la Loire. La fraîcheur de l'eau et l'ombre des arbres leur procuraient un doux sentiment de quiétude.

– Comment allez-vous ? s'enquit le policier auprès d'Aline.

Les yeux de la jeune femme se remplirent de larmes, mais elle eut la force de ne pas les laisser couler.

– Je suis pressée de revoir mon mari, répondit-elle simplement.

Avril tenta de la rassurer en lui disant que la police mettait tout en œuvre pour le retrouver.

Pour lui changer les idées, il lança un tout autre sujet :

– Avez-vous entendu parler du Relais des gabares sur la Loire ?

Les deux femmes secouèrent la tête.

– On envisage d'acheminer les conteneurs de marchandises par voie fluviale, afin d'alléger le trafic sur les routes.

Avril laissa son regard voguer sur le fleuve.

– Après tout, nous ne ferions que revenir aux pratiques d'autrefois, lorsque de lourdes gabarres aux voiles carrées effectuaient d'incessants allers-retours sur la Loire pour transporter les marchandises.

– Et à quoi cela ressemble une gabarre ? demanda curieusement Odette.

– Celle du XXIe siècle possède un aspect assez moderne, pouffa Avril. Elle peut transporter jusqu'à soixante-dix conteneurs et navigue rapidement. Je crois qu'elle effectue le trajet entre Montoir et Cheviré, le pont routier qui franchit la Loire à l'ouest de Nantes, en moins de trois heures.

Avril était enthousiaste.

– Est-ce que vous imaginez qu'une gabarre supprime soixante-dix camions de nos routes ! Le périphérique de Nantes et le pont de Cheviré seraient bien moins encombrés !

– Vous ne nous avez toujours pas dit à quoi ça ressemble, s'amusa Aline.

Avril réfléchit un instant.

– Ce sont de gros bateaux de soixante-dix mètres de long et de dix mètres de large, tirant deux mètres cinquante d'eau.

– Tout cela est très précis ! se moqua Odette.

Pendant que le petit Louis jouait près d'eux, tous trois observèrent la Loire en silence.

– Saviez-vous que la Loire a connu une crue historique en 1910 ? poursuivit le policier, imperturbable. Elle est montée à six mètres cinquante au-dessus des bas quartiers de la ville. Des centaines de magasins et d'entreprises se sont retrouvées sous les eaux, et leurs employés au chômage.

Il fronça soudain les sourcils.

– D'ailleurs, nous ne sommes pas à l'abri d'une nouvelle crue. La Loire est si mal entretenue aujourd'hui, qu'un jour nous devrons nous attendre au pire !

– Comment savez-vous tout ça ? interrogea Aline.

– Je l'ai lu dans le journal régional ce matin, en prenant mon petit déjeuner, leur indiqua Avril.

Ils longèrent les bords de Loire jusqu'au palais de justice, et Avril prit congé des jeunes femmes.

– Je vous quitte à regret, mesdames, mais j'ai encore beaucoup de choses à faire aujourd'hui.

Elles le remercièrent de son agréable compagnie. Avril promulgua encore quelques paroles réconfortantes à Aline avant de partir.

Odette s'était résolue à retourner travailler dès le lendemain, car son absence au journal se faisait cruellement ressentir ; elle avait d'ailleurs décidé d'engager quelqu'un qui puisse la seconder. Elle savait son mari et son fils en sécurité, elle n'avait donc aucune raison de rester à la maison les bras croisés.

Jean-Louis fut interrogé une dernière fois par la police avant son départ, mais il ne put rien leur dire de plus. Il ne savait que peu de chose sur sa captivité, un trou noir ayant fait place aux souvenirs de ces quelques jours. Il avait été passé à tabac plusieurs fois, et seul le goût du sang dans sa bouche et la douleur lancinante lui revenaient en mémoire. Il fut incapable d'éclairer les policiers sur le sort de Charles. Étaient-ils prisonniers ensemble ? Cela demeurait un mystère.

– Ils voulaient que je leur livre les plans, ne cessait de répéter Jean-Louis, encore sous le choc.

Le pauvre homme avait eu tout le loisir de réfléchir, seul dans son lit d'hôpital, et il réalisait à quel point

Avrant l'avait manipulé. Il le faisait boire, l'emmenait en boîte de nuit et dans les casinos, et avait réussi ainsi à détruire son couple. Face à lui, il s'était montré une proie facile, comme un animal sans défense. Cela n'avait pas été difficile pour Avrant de le mettre sous sa coupe…

*

* *

Vatier menait l'interrogatoire de Rolando depuis moins d'une heure, et il sentait déjà son homme prêt à craquer. Le commandant lui avait exposé les faits qui lui étaient reprochés, et fait part des accusations portées par Avrant. Le pauvre homme était maintenant effondré, assis sur sa chaise du bout des fesses, il se tenait la tête entre les mains.

– Je ne voulais pas que ça se passe comme ça, finit-il par lâcher, la voix tremblante.

Vatier eut une moue dubitative, l'incitant à continuer.

– Avrant m'a proposé cinq mille euros pour conduire les deux architectes dans un cabanon, sur un chantier. Ils me connaissaient et m'ont suivi sans problème quand je leur ai dit que j'avais quelque chose d'important à leur montrer. Mon rôle consistait à les enfermer par surprise, après quoi je devais repartir. Avrant m'avait assuré qu'il viendrait les chercher. Il m'a certifié qu'il ne leur ferait aucun mal, qu'il voulait simplement les impressionner un peu avant de discuter avec eux. Il m'a donné l'argent et m'a demandé d'oublier cette histoire.

– Qui sont les deux hommes qui vous ont aidé ? demanda Vatier l'air sceptique.

– Il n'y avait personne avec moi. Mais pris de remords, j'ai décidé d'attendre sur place après avoir enfermé les architectes. Je voulais être certain qu'Avrant ne leur ferait aucun mal, et je serais intervenu si tel avait été le cas. Mais à la place d'Avrant, ce sont deux types que je ne connaissais pas qui sont arrivés. Ils ont menacé les deux architectes d'une arme avant de les ligoter et de les jeter dans leur voiture. Et ils sont tous partis. Ces hommes étaient armés, je n'ai pas osé intervenir. J'ai donc observé la scène, impuissant. Je pense que si j'avais bougé, ils n'auraient pas hésité à me tuer ! Je suis ensuite rentré chez moi, mais je ne savais plus quoi faire. Prévenir la police aurait été la meilleure solution, mais je réalisais que j'étais leur complice et qu'on allait m'arrêter. Je n'ai pas dormi de la nuit et le lendemain, j'ai essayé de me renseigner pour savoir ce qui était arrivé aux architectes, mais Avrant n'a rien voulu me dire.

– Vous dites que vous ne connaissez pas les deux hommes qui les ont enlevés. Pourriez-vous au moins les décrire ? s'impatienta Vatier.

– Le plus vieux devait avoir une quarantaine d'années, il portait un bleu de travail. Ses cheveux étaient foncés et il avait une moustache. Il devait faire un mètre soixante-dix. L'autre était beaucoup plus jeune, je ne lui donnerais pas plus de vingt-cinq ans. Il portait un costume et des chaussures bien cirées. À mon avis, il ne doit pas travailler sur les chantiers.

– Que pouvez-vous me dire en ce qui concerne Louis Couvier ?

– Le fils de l'architecte ? J'ai appris sa disparition par les journaux, je n'ai rien à voir là-dedans.

Il hésita quelques secondes avant de poursuivre sur le ton de la confidence :

– J'ai bien réfléchi à la disparition de ce petit, et je crois savoir qui l'a enlevé. Quelques heures avant sa disparition, j'ai surpris une conversation entre Avrant et son ex-femme. Tout le monde sait qu'après le divorce, son mari l'a laissée sur la paille. Elle était venue le retrouver sur le chantier, et il était question d'argent. Avrant assurait lui verser ce dont elle avait besoin, si elle lui rendait un service. Je n'ai pas tout entendu, mais j'ai cru comprendre qu'il parlait d'un enfant dont il fallait s'occuper. Sur le moment, je fus surpris car je sais qu'ils n'ont jamais eu d'enfants. Quelques heures après, la photo du fils de l'architecte faisait la une des journaux.

Vatier l'écoutait attentivement, très intéressé. Ainsi la femme dont Louis avait parlé serait l'ex-femme d'Avrant. Il poussa un soupir et renvoya Rolando en cellule.

Nous devons la retrouver, et découvrir l'identité des autres complices, pensa-t-il.

Il avait encore du pain sur la planche.

*

* *

Avril et Veneau vérifièrent le nom de la rue avant de s'y engager.

– Rue de Nancy, c'est bien là qu'habite l'ex-femme d'Avrant, confirma Veneau.

Ils garèrent leur voiture devant une jolie petite maison, à la pelouse bien entretenue. Après avoir sonné plusieurs fois sans succès, ils décidèrent de forcer la serrure. Ce fut un jeu d'enfant pour Avril qui était un fin connaisseur.

L'intérieur de la maison sentait le renfermé, mais il était agréablement meublé. Après avoir inspecté chaque pièce, ils constatèrent qu'il n'y avait personne. Un coup d'œil rapide dans le frigo et dans l'armoire de la propriétaire confirma leurs soupçons :

– On dirait bien qu'elle a mis les voiles ! lança Veneau. En tout cas, l'intérieur ressemble en tout point à ce que le petit nous a décrit.

Au même moment, Avril l'appela du salon.

– Regarde ça, dit-il à son coéquipier en lui désignant la table. Louis nous a raconté qu'il avait gravé une clé de sol dans le bois d'une table. Il n'y a plus de doute possible !

Les deux hommes s'empressèrent de photographier la gravure maladroite réalisée par l'enfant.

– Nous devons absolument la retrouver, conclut Avril.

Chapitre 7

Aline se réveilla en sursaut, le front couvert de sueur. Avait-elle rêvé où son mari était-il effectivement en train de l'appeler ? Elle tâta la place vide à côté d'elle dans le lit et éclata en sanglots. La vision de Charles enfermé dans une pièce obscure en train de l'appeler à l'aide la hanta durant de longues minutes. La jeune femme se secoua et décida d'aller se préparer une boisson chaude.

Je ne pourrai plus me rendormir, pensa-t-elle.

Elle se sentait pourtant morte de fatigue.

L'image de son mari amaigri et maltraité lui traversa une nouvelle fois l'esprit. Elle ne put contenir ses larmes et s'effondra, le corps secoué de sanglots.

Pourquoi lui ? ne cessait-elle de se répéter.

Elle avait passé ces derniers jours à ronger son frein, tournant en rond dans la maison comme un lion en cage. Elle se ruait sur le téléphone dès qu'il sonnait, espérant une bonne nouvelle du commandant, mais rien ne venait.

Un grattement à la fenêtre la fit soudain sursauter. Une ombre se dessinait derrière la vitre et la jeune femme eut un mouvement de recul. Elle se ressaisit en s'apercevant que ce n'était rien d'autre qu'un petit chat qui l'observait, le regard brillant. Elle se leva aussitôt pour aller lui ouvrir et l'animal sauta agilement sur le plancher de la chambre. C'était un petit matou entièrement gris qui avait la peau sur les os. Il vint se câliner le long de ses jambes en poussant des miaulements déchirants.

Aline s'agenouilla pour le caresser.

– Alors, mon mignon, tu es comme moi, tu es tout seul ?

Elle eut une pensée pour sa fille qui l'avait toujours suppliée pour avoir un chat.

– Tu as de la chance, tu as frappé à la bonne porte, sourit tristement Aline.

Elle descendit à la cuisine, suivie de près par son nouveau compagnon auquel elle servit un bol de lait.

Demain, je lui achèterai à manger, se promit-elle.

Elle mit la bouilloire d'eau à chauffer pour se préparer un thé et s'installa sur le canapé. Le chat ne tarda pas à la rejoindre, il se blottit contre elle en ronronnant. Elle le caressa tendrement.

– Tu tombes bien, en ce moment, j'ai de l'amour à revendre, murmura-t-elle.

Elle se réveilla quelques heures plus tard alors que le jour était levé. Elle s'était endormie sur le canapé. Son petit compagnon était resté auprès d'elle et, lorsqu'il la sentit bouger, il ouvrit un œil pour venir nicher sa tête dans le creux de son épaule. Son museau humide chatouilla le cou d'Aline qui ne put réprimer un sourire. Ce chat l'avait vraisemblablement adoptée ; elle était soulagée à l'idée d'être moins seule pour attendre le retour de son mari.

Elle faisait la vaisselle de la veille lorsque le téléphone sonna. Comme à son habitude, elle s'empressa d'aller décrocher.

– Allô ? dit-elle anxieuse.

Un souffle rauque se fit entendre à l'autre bout du fil.

– Qui est à l'appareil ? demanda Aline soudain inquiète.

L'inconnu raccrocha brusquement sans lui répondre. Aline reposa le combiné et haussa les épaules.

Encore un détraqué, pensa-t-elle.

Dans la matinée, elle reçut un appel d'Odette qui lui demanda si elle pouvait passer la voir après le travail. Aline accepta avec joie. Elle lui parla de son nouveau compagnon.

– Je te le présenterai dès ton arrivée, plaisanta-t-elle.

Comme convenu, Odette se rendit chez Aline en quittant le journal. Devinant que son amie ne devait pas avoir la tête à ce genre de détails, elle avait pris le temps de faire un saut au supermarché pour acheter des croquettes pour le chat, un jouet et un couffin.

Les deux femmes s'embrassèrent tendrement, Aline fut vraiment touchée par de telles attentions.

– Tu lui as trouvé un nom ? s'enquit Odette.

– Oui, je me suis dit que Timide lui allait bien, bien qu'il ne soit pas du tout sauvage.

– Je l'avais déjà vu traîner dans le quartier, ses maîtres ont dû l'abandonner. En tout cas, chez toi, il ne sera pas malheureux !

Aline parla du coup de téléphone anonyme qu'elle avait reçu dans la journée.

– Ne t'inquiète pas pour ça, la rassura son amie. C'est sûrement une blague de mauvais goût, rien de plus.

Elle ne le montra pas à Aline, mais elle était soucieuse. Elle-même avait reçu un coup de fil le matin même, avant de partir travailler, et elle avait entendu ce même souffle rauque à l'autre bout du fil.

Il ne peut s'agir d'une simple coïncidence, se dit-elle. Nous devons rester prudentes.

*

* *

Vatier était contrarié. Avrant ne lui avait rien appris de plus, et malgré les conseils de son avocat, il refusait de révéler l'identité des deux hommes qui avaient enlevé les architectes et l'enfant. Il se tenait muré dans son silence, insensible aux menaces de Vatier qui lui promettait de passer une bonne partie de sa vie en prison s'il ne se montrait pas plus coopératif. Le comportement d'Avrant était incompréhensible. Il paraissait indifférent au sort qui l'attendait, subissant les interrogatoires sans daigner répondre aux questions.

Avril et Veneau, quant à eux, ils recherchaient activement la trace de madame Avrant qui avait disparu dans la nature depuis plusieurs jours. Les deux hommes se tuaient à la tâche depuis vingt-quatre heures, déterminés à la retrouver car elle était la seule personne qui pouvait encore les aider à résoudre cette affaire. Ils consultaient donc l'identité de tous les voyageurs ayant pris le train ou l'avion en France ou vers l'étranger.

En espérant qu'elle ne soit pas partie en voiture, ne cessaient-ils de se répéter.

Un jeune policier vint alors les prévenir qu'une femme à l'allure originale demandait absolument à les rencontrer. Ils la reçurent courtoisement:

– Bonjour madame, que pouvons-nous faire pour vous aider? demanda Avril.

La femme d'un certain âge était accoutrée comme une bohémienne. Son regard intense mit les deux hommes mal à l'aise.

– Je viens vous voir au sujet de l'affaire Avrant, répondit-elle.

Encore une détraquée, pensa Veneau. La presse faisait un tel bruit de cette histoire qu'ils recevaient quotidiennement des appels et des lettres leur affirmant que l'on savait où étaient retenus les architectes. Bien sûr aucune piste n'était à négliger, mais jusqu'à maintenant aucune d'entre elles ne s'était montrée concluante.

– Ne pensez pas que je suis ici pour vous faire perdre votre temps, continua la femme. Je me suis permis de venir car je détiens une information qui pourrait peut-être vous intéresser.

Les deux hommes l'écoutaient en silence.

– Je suis voyante… ou médium, appelez cela comme vous voulez. Il m'arrive d'avoir des visions que je ne maîtrise pas. Les journaux n'en ont pas parlé mais j'ai vu que l'un des architectes avait réussi à s'échapper… C'est vrai, n'est-ce pas?

Avril et Veneau échangèrent un regard rapide. Effectivement, pour la sécurité de Jean-Louis Couvier, cette information n'avait pas été divulguée à la presse. Cependant on n'était jamais à l'abri d'une fuite…

– Où voulez-vous en venir exactement? interrogea Avril.

– Je ne sais pas si cela peut vous être utile mais j'ai vu les deux prisonniers, dont l'un s'est enfui. Ils étaient retenus dans une petite cabane dans la forêt. Ce que je peux vous dire, c'est que l'autre est encore en vie. Pour l'instant, ses ravisseurs ne l'ont pas trop malmené, et il attend de l'aide.

– Je suppose que vous ne savez pas de quelle forêt il s'agit ? demanda Veneau.

– Malheureusement, non. Je vous ai dit tout ce que je savais…

Après un instant de réflexion, Avril remercia la femme qui ne tarda pas à prendre congé. Elle leur laissa ses coordonnées et leur assura qu'elle les contacterait si elle avait du nouveau.

– Qu'en penses-tu ? demanda Veneau à son collègue après le départ de la voyante.

– Je crois que nous ne devons rien laisser au hasard. De plus, tout concorde avec le récit de Couvier. Il y a de fortes chances pour que Plisson soit lui aussi prisonnier dans une forêt.

– Nous avons déjà une équipe qui ratisse les bois des environs, remarqua Veneau. Nous ne pouvons hélas rien faire de plus.

La conversation dévia ensuite sur le rôle que les médiums pouvaient jouer dans une enquête policière.

– Nous devons les prendre au sérieux, affirma Avril. Il n'est pas rare que leur aide ait contribué à retrouver des personnes disparues. Certains possèdent un véritable don.

*
*   *

Madame Avrant était bien partie en voiture pour l'île d'Yeu. Grâce à son signalement diffusé par les autorités, elle fut repérée et arrêtée à l'embarcadère de Fromentine. Un véritable coup de chance !

Reconduite à Nantes dans la journée, elle fut reçue par Vatier, Avril et Veneau qui l'interrogèrent dès son arrivée.

La femme d'une cinquantaine d'années dégageait une autorité naturelle et ils se turent lorsqu'elle se redressa sur sa chaise et leur lança d'un ton ferme :

– Très bien, messieurs, maintenant cela suffit, je vous prie de m'écouter.

Elle croisa les jambes et posa les mains à plat sur la table.

– Tout a commencé le jour où mon ex-mari m'a demandé de m'occuper d'un enfant durant quelque temps. Il m'a dit que c'était le fils d'un collègue avec lequel il devait partir en voyage, mais qu'il n'y avait personne pour s'en occuper. Avrant excelle dans l'art du mensonge, et je l'ai cru. J'ai accepté car, en contrepartie, il s'engageait à m'aider un peu financièrement. Soit dit en passant, je n'ai aucun scrupule à prendre son argent étant donné qu'il m'a ruinée lors de notre divorce. Un de ses hommes me déposa donc l'enfant et m'ordonna de ne jamais le laisser sortir de la maison. Il me menaça même, m'avertissant une nouvelle fois que je ne devrais jamais transgresser cette règle. Les premiers jours, l'enfant refusa de me parler, et je me posais évidemment un tas de questions. Jusqu'au moment où j'ai vu sa photo dans les journaux. J'ai alors compris que j'étais complice malgré moi de son enlèvement.

Elle fit un geste de la main pour empêcher Vatier de prendre la parole.

– Vous allez me demander pourquoi je n'ai pas averti la police. La réponse est simple, commandant. En quinze ans de vie commune, j'ai appris à connaître Avrant comme personne. Si je lui avais désobéi, il m'aurait tuée, tout simplement. La justice n'aurait rien pu faire pour moi, car il est toujours le plus rapide.

Elle se perdit quelques secondes dans ses pensées. Manifestement, Avrant l'avait fait souffrir au cours de leur vie commune.

– J'ai donc patiemment attendu qu'il se retrouve sous les verrous et, Dieu merci, cela est vite arrivé. Durant ces quelques jours, Louis et moi avons tout de même appris à nous connaître et à nous apprécier. Je l'ai reconduit chez sa mère dès que mon ex-mari a été arrêté, après quoi j'ai pris la fuite. Je savais que l'enfant était en sécurité. Avrant étant en prison, il ne pouvait plus nous nuire, ni à Louis ni à moi. Ses complices m'avaient demandé de conduire le petit à l'île d'Yeu, en Vendée, où ils devaient s'occuper de lui. C'est pour ça que je suis partie, je ne le leur ai pas emmené, ils ont donc dû se lancer à ma recherche.

Vatier écoutait cette femme les yeux écarquillés, ne sachant pas ce qu'il devait penser de cette histoire.

– Vous me croirez ou non, mais j'ai agi pour le bien de l'enfant et pour le mien, commandant.

– Qui sont les deux hommes qui ont enlevé Louis et les architectes? se contenta de demander Vatier.

– J'ai mené ma petite enquête, répondit-elle un sourire en coin. L'un d'eux s'appelle Dufer, il travaille pour Avrant. L'autre, je ne sais pas qui c'est.

Avril partit aussitôt se renseigner sur l'identité de cet homme. Il ne tarda pas à en apprendre davantage en entrant son nom dans les logiciels de la police. André

Dufer, âgé de trente-trois ans avait déjà effectué cinq ans de prison pour viol, et trois ans pour un braquage à main armée avec blessés. Il travaillait pour Avrant depuis sa sortie de prison, un an plus tôt, et jusqu'à maintenant il n'avait plus fait parler de lui.

Il apprit que Dufer travaillait sur un chantier de l'île Bleue, et il décida de s'y rendre sans perdre de temps, accompagné par Veneau. En chemin, Avril expliqua à son collègue en quoi consistait le chantier entrepris par Avrant sur ce lieu.

– Ils ont détruit tous les bâtiments anciens pour les remplacer par des blocs de béton. Je suis horrifié à l'idée que des merveilles du Moyen-Âge soient démolies dans le seul but de faire de l'argent !

– Que veulent-ils construire à la place ? s'informa Veneau.

– Ils ne savent même pas ! Certains parlent d'un hôpital, d'autres de logements résidentiels… C'est scandaleux. On casse pour reconstruire tout et n'importe quoi, quel dommage ! se lamenta Avril.

Ils arrivèrent sur le chantier alors que les ouvriers prenaient leur pause déjeuner.

– Nous n'avons plus qu'à attendre que Dufer fasse son apparition, dit Avril.

Veneau lui proposa d'aller manger un morceau.

– Je connais un excellent restaurant végétarien dans le coin. Je me rappelle encore de la glace à la menthe faite maison que j'ai mangée en dessert la dernière fois que j'y suis allé… Un vrai délice !

Les deux hommes s'octroyèrent donc un moment de détente avant de retourner sur le chantier.

De retour sur place, ils demandèrent à la première personne qu'ils croisèrent où ils pouvaient trouver André Dufer.

– C'est lui, là-bas, leur répondit l'homme en désignant un de ses collègues.

Avril et Veneau s'approchèrent.

– Monsieur Dufer, police nationale. Nous vous arrêtons pour l'enlèvement de Charles Plisson, Jean-Louis et Louis Couvier. Veuillez nous suivre s'il vous plaît.

L'homme eut l'air surpris, mais ne tenta pas de résister. Sans un mot, il suivit les deux hommes qui lui passèrent les menottes avant de le faire monter en voiture.

Vatier attendait le retour de ses hommes avec impatience, et dès leur arrivée, il conduisit Dufer en salle d'interrogatoire.

– Nous avons assez perdu de temps, commença-t-il. Alors, mon bonhomme, il va falloir se mettre à table… Et vite !

Il harcela son prisonnier durant des heures, mais l'autre refusa de parler. Vatier finit par perdre patience.

– Écoute-moi bien, tu as déjà fait de la taule, et nous avons un témoignage contre toi. Si l'architecte nous claque entre les doigts alors que tu es le seul à notre connaissance à savoir où il se trouve, je te promets que je m'assurerai personnellement que tu passes le reste de tes jours en prison pour homicide volontaire.

L'homme hésitait encore. Une chose était sûre : il ne voulait pas retourner en taule.

– Qu'avez-vous à me proposer si je coopère ? finit-il par demander.

– Un allégement de ta peine… dans la mesure du possible. Tu as déconné, je te conseille maintenant de sauver les meubles.

– Avrant me tuera si je parle…

– Avrant n'est pas prêt de sortir d'ici, rétorqua Vatier. Et si cela peut te rassurer, je m'engage à ce que tu ne le croises jamais le temps de ta détention.

Dufer poussa un soupir.

– OK… Avrant m'a engagé pour enlever les architectes et le gamin. Le petit, je l'ai laissé à son ex-femme qui s'est bien foutue de nous. Les architectes, j'étais chargé de les surveiller. Je ne devais pas les laisser ensemble, et ce n'était pas facile de m'occuper tout seul des deux ! Un beau jour, y'en a un qu'a réussi à se barrer. Avrant m'a passé un savon et a menacé de ne pas me payer si je ne faisais pas parler l'autre. J'ai essayé de le convaincre par tous les moyens, mais il n'a jamais voulu me dire où étaient ces foutus plans.

– Où est Plisson ? hurla presque Vatier.

Dufer le fixa quelques secondes avant de répondre :

– Je voudrais un verre d'eau, s'il vous plaît.

Vatier était exaspéré, mais il s'empressa de le servir. L'homme but une longue gorgée et lâcha :

– Il est dans une cabane au fond de la forêt.

Vatier bondit sur ses jambes.

– Très bien ! Tu vas nous y conduire !

Il s'empara de l'homme et le poussa devant lui pour lui faire traverser le commissariat et le faire monter dans une voiture de police.

– Rejoignez-nous avec une ambulance ! cria-t-il à Avril et Veneau avant de démarrer sur les chapeaux de roues.

Dufer lui indiqua la direction de la forêt domaniale du Gâvre, située à quarante kilomètres de Nantes. L'ambulance ne tarda pas à les rattraper, suivie par la voiture d'Avril et de Veneau.

Après une demi-heure de trajet, ils s'engagèrent sur un petit sentier à l'orée du bois. Par chance, la route ne se rétrécissait pas et l'ambulance put les suivre aisément. Avril et Veneau fermaient la marche, tous deux silencieux.

– Tu connais la forêt de Gâvre? demanda soudain Avril.

L'autre tenta de dissimuler un sourire.

– Mon père m'y emmenait quand j'étais gamin. Je l'adorais et la considérais comme un immense terrain de jeu! En automne, j'admirais les teintes orangées des feuillages et je respirais à pleins poumons l'odeur de l'humus humide que la terre dégageait. Je jouais aussi avec les rayons de soleil qui perçaient à travers les arbres… Que de souvenirs lointains!

Ils venaient de traverser la forêt et le sentier se terminait en cul-de-sac. Avril et Veneau sautèrent de voiture, quand ils aperçurent Vatier s'enfoncer entre les arbres, guidé par Dufer.

– Suivez-nous! lança Avril aux deux ambulanciers avant de rattraper le commandant.

Cinquante mètres plus loin, ils tombèrent sur une vieille cabane en bois délabrée, recouverte en partie par les ronces.

– Il est là-dedans, marmonna Dufer en désignant la cabane du menton.

La porte était cadenassée et les policiers durent la forcer avant de permettre aux ambulanciers d'y pénétrer. L'intérieur était très sombre, seuls quelques rais de lumière réussissaient à se faufiler entre les planches disjointes.

En franchissant le pas de la porte, Vatier fut pris d'un haut-le-cœur. Une odeur pestilentielle habitait les lieux. Il bloqua sa respiration avant de se forcer à aller plus en avant. Quelques rats dérangés par les nouveaux venus se faufilèrent entre ses pieds en direction de la porte, manquant de lui faire perdre l'équilibre. Vatier distingua soudain le corps recroquevillé au fond de la pièce autour duquel les ambulanciers étaient déjà en train de s'affairer.

– Il est vivant, mais inconscient! lança l'un des hommes.

– Il n'aurait pas tenu encore longtemps dans cet état, fit remarquer son collègue.

Vatier recula pour laisser passer les deux hommes qui sortaient le corps placé sur un brancard. Il aperçut une ouverture dans le mur qui dissimulait une nouvelle pièce, beaucoup plus petite que la précédente. Au fond, il remarqua que quelques planches pourries avaient été arrachées, ouvrant un étroit passage.

C'était par là que Couvier avait dû s'échapper, pensa le policier. Préférant sortir de la cabane tant cette odeur infâme le faisait suffoquer.

Il rejoignit les autres et un infirmier lui décrivit l'état du blessé :

– Il est complètement déshydraté, il lui faut une perfusion. Il a perdu conscience depuis déjà plusieurs heures, mais il n'est pas dans le coma. Son corps est couvert de contusions, il a sûrement de multiples fractures.

L'homme porta son regard sur le pied gauche de Charles Plisson.

– Ce n'est pas beau à voir ! Il a un début de gangrène… Je pense que nous n'aurons d'autre choix que de l'amputer.

La remarque arracha une grimace à Vatier.

C'est vraiment trop moche, pensa-t-il. Ce pauvre homme n'a pas mérité ce qui lui arrive.

Il comprenait maintenant l'origine de l'odeur nauséabonde qui l'avait saisi à la gorge quelques minutes plus tôt.

Dufer se tenait entre Avril et Veneau, lui aussi semblait choqué par l'état de son prisonnier.

– Ce n'est pas moi qui lui ai fait ça, murmura-t-il. Je l'ai un peu secoué pour le faire parler, mais je ne l'ai pas mis dans cet état !

Il fixait Vatier d'un regard implorant.

– Si je vous dis qui lui a fait ça, vous me jurez de ne pas tout me coller sur le dos ?

L'inspecteur hocha la tête.

– C'est le comptable d'Avrant, avoua Dufer. Cela fait quinze ans qu'il travaille pour lui, et Avrant ne pouvait pas trouver plus zélé et dévoué que cet homme. D'ailleurs, on se demande lequel des deux a le plus d'ascendant sur l'autre !

Dufer poussa un soupir.

– Il se pourrait même que ce soit le comptable qui ait poussé Avrant à commettre ces enlèvements…

– Comment s'appelle cet homme, et pourquoi l'accusez-vous d'être responsable des blessures de Plisson ? demanda brusquement Vatier.

– Il s'appelle Marc Rivoit. C'est un homme qui présente bien, même s'il paraît beaucoup plus jeune que son âge.

Vatier se rappela la déclaration d'Orlando : « Il y avait deux types, l'un en bleu de travail et l'autre en costume. Il devait avoir vingt-cinq ans tout au plus… »

– C'est avec lui que tu as enlevé les architectes ?

– Oui, répondit Dufer. Il était là pour superviser tandis que je m'occupais du sale boulot. Le jour où j'ai laissé Couvier s'échapper par mégarde, il est devenu hystérique. Il m'a dit de foutre le camp, mais qu'il m'avait à l'œil. Un mot de trop et il me liquidait.

Dufer se passa une main sur le visage, il semblait dépassé.

– Plisson n'était pas dans cet état lors de mon départ. C'est Rivoit qui lui a fait ça.

Il fronça les sourcils, comme si quelque chose ne collait pas.

– Ou bien il a embauché quelqu'un d'autre à ma place pour finir le travail. Rivoit n'aime pas se salir les mains et cela m'étonnerait qu'il ait agi seul, pensa Dufer à voix haute.

Ces nouveaux aveux ébranlaient le commandant. Il n'avait pas envisagé qu'Avrant ait tant de complices dans cette affaire. En tout cas, cela expliquait son silence obstiné lors des interrogatoires. Il cherchait à couvrir son comptable.

Tout cela était loin d'être terminé… Il allait en référer au commissaire Vivien.

Chapitre 8

Odette entendait le téléphone sonner de l'autre côté de la porte, mais elle bataillait pour retrouver ses clés dans son sac à main. Elle finit par mettre la main dessus et les sortit d'un geste victorieux. Elle s'empressa d'ouvrir la porte et courut vers le téléphone. Elle eut tout juste le temps de décrocher avant la dernière sonnerie.

– Allô ? dit-elle d'une voix essoufflée.

– C'est moi, lui répondit Jean-Louis à l'autre bout du fil.

Cela faisait deux jours qu'il était parti à Pornic avec Louis, et il ne l'avait appelée qu'une seule fois pour lui dire qu'ils étaient bien arrivés.

– J'ai une mauvaise nouvelle à t'annoncer, reprit-il après un court silence. Louis a disparu !

Odette ferma les yeux, espérant avoir mal compris ce qu'il venait de dire.

– Il n'a pas été enlevé, essaya-t-il de la rassurer. Il a fait une fugue.

– Une fugue ? s'écria la jeune femme incrédule.

– Oui, il m'a entendu hier soir quand je disais qu'il n'aurait jamais dû être mêlé à cette histoire. J'ai ajouté que si je n'avais pas eu d'enfant, les choses ne se seraient pas passées de cette manière. Il a mal interprété mes paroles et en a déduit que je ne voulais pas de lui !

– Où est-il à présent? demanda Odette angoissée.

– Il m'a laissé une lettre disant qu'il partait rejoindre Annette à La Plaine-sur-Mer, chez sa grand-mère.

– Comment sait-il qu'elle est là-bas ?

– Je lui ai dit qu'elle restait chez sa mamie, le temps que Charles soit retrouvé. Mais ne t'inquiète pas, La Plaine n'est pas très loin de Pornic et si ça se trouve, il sera entre de bonnes mains d'ici quelques heures.

– Et s'il lui arrive quelque chose sur la route ! Tu étais censé veiller sur lui.

C'était plus qu'elle ne pouvait en supporter, les nerfs d'Odette la lâchaient.

– J'ai appelé la grand-mère d'Annette qui m'avertira dès son arrivée. Et la police s'est lancée à sa recherche, je t'en prie calme-toi, il ne lui arrivera rien.

Jean-Louis chercha à l'apaiser, mais Odette était effondrée. Le cauchemar recommençait.

Elle raccrocha après que Jean-Louis lui eut promis de l'appeler dès qu'il aurait du nouveau.

Pourquoi ne l'ai-je pas gardé avec moi? se reprocha-t-elle.

Elle passa les heures qui suivirent à tourner en rond dans son salon comme un fauve en cage. Elle s'était rendue chez Aline pour y chercher du réconfort, mais elle avait trouvé porte close. Elle comptait donc les heures, attendant des nouvelles de son fils. En début de soirée, le téléphone sonna enfin. Odette décrocha dès la première sonnerie.

– Allô ?

– Maman, c'est moi…

– Mon Dieu, Louis ! Mais enfin, que t'est-il passé par la tête ? demanda-t-elle d'un ton soulagé.

– Pardon maman, je voulais pas te faire de la peine. Je croyais que papa et toi, vous en aviez marre de moi.

Il se mit à pleurer.

– Je vous fais que des problèmes. À cause de moi vous avez divorcé, et puis c'est aussi de ma faute si tu t'inquiètes tout le temps… Je veux plus vous faire de la peine.

– Mon bébé, ne dis pas ce genre de choses ! supplia Odette en refoulant ses larmes. Tu n'es pour rien dans tout ça.

Elle discuta encore quelques minutes avec son fils, le rassura plusieurs fois sur le fait qu'elle ne lui en voulait pas d'être parti et que ni elle, ni son père n'étaient en colère.

– Mais ne recommence plus jamais ça ! l'avertit-elle.

– C'est promis, maman, répondit Louis d'une voix enfantine.

Elle lui demanda de lui passer la grand-mère d'Annette. La brave femme la rassura, lui disant qu'elle s'occuperait avec plaisir de Louis le temps nécessaire. Odette lui dit qu'elle viendrait le chercher le lendemain, la remercia, puis raccrocha.

Le poids qui lui écrasait la poitrine disparut peu à peu. La jeune femme poussa un soupir de soulagement.

Il faut que je m'occupe de mon fils, pensa-t-elle. Je n'ai pas été assez présente jusqu'à maintenant, et ce qu'il vient de vivre risque de le traumatiser.

Elle alluma son ordinateur et rechercha le meilleur psychiatre pour enfants de la ville. Elle était convaincue que son fils avait besoin d'un suivi et regrettait de ne pas s'en être occupée.

Il se sent responsable de ce qui est arrivé à son père, c'est insensé mais c'est comme ça. Pourquoi n'ai-je pas pensé à tout cela plus tôt? se reprocha-t-elle.

De brefs coups frappés à la porte la tirèrent de ses pensées. Elle alla ouvrir et se retrouva en face d'Avril qui la salua d'un sourire penaud, les bras encombrés de paquets à l'insigne d'un traiteur chinois.

– J'espère que vous n'avez pas encore dîné? lança le policier.

Odette esquissa un sourire et s'écarta pour le laisser entrer.

Ils s'installèrent à la table de la cuisine, et elle lui raconta les derniers méfaits de son fils, heureuse de pouvoir se confier à une oreille attentive.

– Je suis de votre avis, conclut Avril après l'avoir écoutée. Louis me semble très perturbé, et il a besoin d'un maximum de soutien pour dépasser cette épreuve.

Odette le remercia d'un sourire et lui servit un verre de vin.

– Que me vaut l'honneur de votre visite? demanda-t-elle. Ce n'est pas pour me parler de mon fils que vous êtes ici, n'est-ce pas?

Avril poussa un soupir.

– Pour ne rien vous cacher, nous venons de retrouver Charles Plisson.

Odette posa son verre, les yeux embués de larmes.

– C'est un miracle, je n'y croyais plus. Aline doit être folle de joie.

– En vérité, elle ne le sait pas encore, avoua le policier. L'état de son mari est assez inquiétant et je ne sais pas comment le lui annoncer.

Il se passa une main sur le visage.

– Les médecins vont sûrement le plonger dans un coma artificiel pour l'opérer de fractures, et il risque d'être amputé d'un pied.

Odette porta une main à sa bouche; les mots lui manquèrent.

– Je suis ici car j'ai un service à vous demander, reprit Avril. J'aimerais que vous m'accompagniez pour annoncer tout cela à votre amie.

Odette secoua la tête avec tristesse.

– Elle va s'effondrer…

Elle leva les yeux vers le policier: il ne semblait pas en mener large.

– Je viendrai avec vous, lui assura-t-elle.

Il la remercia et décida de passer la chercher le lendemain matin, avant d'aller trouver Aline.

Après son départ, Odette se retrouva seule à la table de la cuisine. Elle entreprit de ranger les restes de leur dîner, elle ne pouvait plus rester assise à ne rien faire.

– Tout cela n'aurait jamais dû arriver, pensa-t-elle rageusement. Ces hommes ont détruit nos vies et ils nous le paieront!

Le lendemain matin, Avril sonna chez Odette qui était déjà prête et l'attendait. Elle avait redouté qu'Aline lui rende visite entre-temps, car elle aurait dû lui dissimuler la vérité, mais celle-ci ne s'était pas montrée. Avril paraissait anxieux et la jeune femme l'interrogea du regard.

– Je n'aime pas faire ce genre de choses, se justifia-t-il.

Ils marchèrent ensemble jusqu'à la demeure des Plisson. Arrivé devant la porte, le policier prit une grande inspiration avant d'appuyer sur la sonnette. Aline ne tarda pas à venir leur ouvrir. Elle était vêtue d'un ample survêtement et semblait fatiguée.

Visiblement elle n'a pas pris le temps de se préparer aujourd'hui, pensa Odette.

– Bonjour ! lança Aline, surprise de trouver le policier en compagnie de son amie.

Ses visiteurs la saluèrent chaleureusement avant de pénétrer dans la maison.

– Qu'est-ce qu'il se passe ici ? s'exclama Odette en parcourant la pièce du regard.

Le salon disparaissait sous des cartons de toutes tailles, certains encore vides, d'autres à moitié plein, et les portes de tous les placards étaient grandes ouvertes.

– Je fais un peu de rangement, expliqua Aline en s'excusant pour le désordre. Il y a longtemps que je voulais faire du tri, et j'ai décidé de m'y mettre. Disons que cela m'occupe les mains et l'esprit…

– Qu'est-ce que c'est ? demanda Avril en s'emparant d'un objet posé sur le sol.

– C'est un anti-monte lait, répondit Aline en riant. Vous ne connaissez pas ?

Il observa l'objet sous toutes ses coutures en secouant la tête. Il s'agissait d'un rond, gravé de profondes rainures avec un rebord à son extrémité.

– Dans le temps, les gens l'utilisaient lorsqu'ils faisaient bouillir le lait. Cela évitait qu'il déborde, expliqua Odette.

– Pourquoi faisait-on bouillir le lait ? s'enquit Avril, désireux de prolonger la conversation.

– Pour tuer les bactéries, répondit Aline. C'était une façon de le stériliser. Il suffisait de le faire bouillir cinq à sept minutes.

Le policier hocha la tête.

– Vous voulez vous en débarrasser ?

– Non, je le garde, répondit la jeune femme en riant. Il me vient de ma grand-mère.

Elle les invita à s'asseoir et leur servit une tasse de café. Elle attendit ensuite patiemment qu'ils lui expliquent la raison de leur visite.

Avril se racla la gorge et capta son regard.

– Nous venons de retrouver votre mari, finit-il par lâcher.

Alinc pâlit et manqua défaillir. Odette vint s'asseoir à ses côtés et lui prit la main.

– Il est en vie, annonça-t-elle doucement. Mais il souffre de plusieurs blessures.

Elle tendit un verre d'eau à son amie qui en but une gorgée.

– Sa vie n'est plus en danger, mais il lui faudra beaucoup de temps pour se remettre, continua-t-elle d'une voix douce. Il va falloir que tu sois courageuse…

Des larmes roulèrent le long des joues d'Aline, et bientôt elle ne put réprimer ses sanglots.

Odette la consolait comme elle le pouvait, et elle attendit que la jeune femme se calme pour reprendre :

– Comme je te l'ai dit, il va s'en sortir. La seule ombre au tableau, c'est un début de gangrène à l'un de ses pieds.

– On va l'amputer ? hoqueta Aline.

– Les médecins ne se sont pas encore prononcés, intervint Avril. Il est encore trop tôt pour affirmer quoi que ce soit.

– Si vous le désirez, je peux vous conduire à l'hôpital, ajouta-t-il après un moment de silence.

Aline accepta aussitôt. Elle refusa de prendre le temps de se changer et sauta dans la voiture.

Un médecin l'accueillit dans son bureau avant de la conduire jusqu'à Charles. Il lui expliqua qu'ils l'avaient placé en coma artificiel pour quelques jours afin qu'il souffre moins.

– Son état est sérieux. Il a reçu des coups et nous avons dû soigner de profondes entailles qui lui laisseront sûrement de vilaines cicatrices. Mais je vous le répète, sa vie n'est plus en danger. Il va simplement falloir s'armer de patience…

– Et en ce qui concerne son pied ? interrogea Aline.

– L'un est fracturé, et pour le second, nous faisons tout ce qui est en notre pouvoir pour le sauver.

Il la conduisit ensuite vers une chambre de réanimation où Aline put apercevoir le corps de son mari derrière une vitre. Elle chancela et on l'installa sur une chaise, dans le couloir.

– Je pense que le plus sage serait de rentrer chez vous et de vous reposer, suggéra le médecin.

Aline acquiesça. Elle ne s'était jamais sentie aussi lasse et fatiguée.

Après avoir raccompagné les deux jeunes femmes jusqu'à leur domicile, Avril repassa par le commissariat pour régler certains détails administratifs. En fin d'après-midi, il décida de rentrer chez lui et de dormir un peu. Il se sentait vidé par toutes ces émotions.

Il retrouva la solitude de son appartement mais cela ne lui procura aucun apaisement.

Quelle tristesse de se sentir aussi seul !

Il pensa soudain à son enfance, cette douce époque où il était un être choyé. La nostalgie l'envahit. Il se rappela ces moments de bonheur, quand son père l'accompagnait à travers la ville pour se promener dans les parcs du jardin botanique, ou pour observer les hautes tours des usines Lu, qui dégageaient en permanence la délicieuse odeur des biscuits, ou encore pour aller du côté de la manufacture de tabac, dont il trouvait l'odeur tout aussi enivrante que celle des biscuits.

Je n'ai pourtant jamais fumé une seule cigarette, pensa-t-il amusé.

Il alluma la télévision pour tenter de se détendre, mais cela ne contribua qu'à l'agacer. Il s'empara d'un livre dans l'espoir de se changer les idées, mais ce fut peine perdue. Il ne pouvait s'empêcher de penser à l'enquête. Dès le lendemain, le procureur devait leur délivrer l'autorisation d'arrêter Rivoit, et Avril espérait que cela leur permettrait d'avancer.

J'ai hâte d'en avoir terminé avec cette affaire, soupira-t-il.

Lors de chaque enquête, Avril s'investissait corps et âme, et cela lui jouait souvent des tours. C'était une grande qualité sur le plan professionnel, mais cela le forçait à reléguer sa vie privée au second plan. C'était d'ailleurs la raison pour laquelle les femmes ne restaient jamais longtemps avec lui, et qu'il était toujours célibataire.

Épuisé, Avril se recroquevilla sur le canapé et le sommeil le gagna avant même qu'il s'en aperçoive.

Un rayon de soleil caressa sa joue et l'incita à ouvrir les yeux. Il avait passé la nuit dans son canapé et avait dormi tout habillé, mais il se sentait pourtant reposé, en pleine forme pour affronter cette nouvelle journée.

Il prit une bonne douche, enfila des vêtements propres, et prit son petit déjeuner en vitesse car il voulait rendre une petite visite à madame Plisson avant d'aller travailler.

J'espère que je ne vais pas la sortir du lit, se dit-il en montant en voiture.

Arrivé devant chez elle, il frappa doucement à la porte pour ne pas la réveiller. Mais ses craintes s'avérèrent inutiles car Aline lui ouvrit aussitôt. La vue du jeune policier lui donna le sourire.

– Je suis heureuse de vous voir. J'étais justement en train de chercher quelque chose à faire pour tuer le temps !

Avril remarqua les cernes qui creusaient son visage et comprit qu'elle n'avait pas dormi de la nuit.

– Ma fille doit rentrer aujourd'hui, lui apprit Aline. Ma mère lui a expliqué pour son père et je pense qu'il est important qu'elle le voie. Nous avons été séparés trop longtemps, soupira-t-elle en l'invitant à entrer.

La jeune femme allait refermer la porte, lorsqu'une main tira sur la poignée de l'autre côté et l'en empêcha.

Surprise, Aline ouvrit.

– Mais c'est qu'elle serait capable de me laisser dehors ! s'écria la femme qui se tenait en face d'elle.

Avril nota la déception qui se peignait sur le visage de son hôtesse.

La visiteuse n'était autre que la belle-sœur d'Aline, une personne que le couple fuyait comme la peste depuis des années. C'était l'épouse du frère de Charles, et celui-ci avait coupé les ponts avec elle après la mort de son frère, décédé d'un cancer trois ans auparavant. Cette femme était une véritable calamité, semant le trouble partout où elle allait, et vous pouviez être sûr d'avoir des ennuis quand elle s'invitait chez vous !

– J'ai appris qu'il était arrivé quelque chose à Charles, enchaîna-t-elle, mais comme toujours, je suis la dernière au courant !

Elle lança à Aline un regard lourd de reproches et s'aperçut alors de la présence du policier.

– Eh bien, je vois que ton mari est à peine mort que tu l'as déjà remplacé ! lança-t-elle.

– Que veux-tu ? lui demanda Aline d'un air las sans relever la réflexion.

– Je veux savoir s'il y a un testament ! répondit l'autre avec aplomb. Je sais que Charles m'appréciait beaucoup et c'est uniquement de ta faute si nous avons cessé de nous voir. Je suis certaine qu'il ne m'a pas oubliée, et je suis venue car, te connaissant, tu ne m'aurais jamais appelée pour me dire que je figure sur le testament.

Aline secoua la tête d'un air affligé, tandis que, se tenant en retrait, Avril hésitait à intervenir.

– Tu ne me présentes pas ta nouvelle conquête ? demanda la femme avec un sourire narquois.

– Je suis le lieutenant Avril, intervint le policier d'un ton sec. Et je ne pense pas que le moment soit bien choisi pour venir importuner madame Plisson.

– De quoi vous mêlez-vous ? répondit la visiteuse, agressive. J'aurais peut-être dû commencer par les condoléances ?

– Charles n'est pas mort ! cria Aline. Et maintenant sors de chez moi !

Sa belle-sœur l'observa, interloquée.

– Mais on m'a dit que…

– Vous sortez immédiatement où je vous emmène au poste, menaça Avril en sortant sa paire de menottes.

La femme blêmit et recula.

– Et ne vous avisez plus de revenir ! ordonna-t-il en la poussant dehors, avant de claquer la porte derrière elle.

Debout dans le couloir, ils s'observèrent en silence.

– C'est ma belle-sœur, elle est complètement folle ! finit par dire Aline. Je vous remercie, je ne sais pas ce que j'aurais fait sans votre aide.

Le policier la rassura d'un sourire.

– Ce sont des choses qui arrivent. J'espère seulement qu'elle ne reviendra pas…

Aline haussa les épaules. Elle se sentait complètement dépassée.

– Je dois me préparer pour aller voir mon mari à l'hôpital. C'est gentil d'être venu, vous étiez là au bon moment ! dit-elle en se forçant à esquisser un sourire.

Avril lui recommanda d'être prudente et de se ménager. Lui aussi devait aller prendre son service. Une réunion était prévue avec le commissaire Vivien et toute l'équipe afin d'envisager la suite de l'enquête.

Sur le trajet, il ne cessa de penser à la scène à laquelle il venait d'assister.

Le monde est fou, soupira-t-il en arrivant au commissariat.

Vatier était excité comme une puce, et à son arrivée, Avril ne voyait pas ce qui pouvait mettre le commandant dans un tel état.

– Nous le tenons ! s'exclama Vatier en voyant le jeune policier.

Face au regard interrogateur de son collègue, Vatier s'impatienta :

– Rivoit, le comptable. Nous l'avons arrêté tôt ce matin.

Avril afficha un sourire d'excuse. Il avait oublié que ses hommes n'attendaient que le feu vert du procureur pour l'arrêter. Apparemment, ils l'avaient obtenu.

– J'attendais ton arrivée pour commencer l'interrogatoire. Nous avons appelé son avocat, mais il nous a dit de nous adresser à quelqu'un d'autre : il refuse de le défendre. Rivoit est donc à notre merci durant quelques heures...

Le commandant se frotta les mains et se dirigea sans plus attendre vers la salle où se trouvait l'accusé. Avril alla s'installer de l'autre côté du miroir sans tain, aux côtés de Veneau.

Vatier avait pris place en face de l'homme qui semblait désorienté. Il donnait l'impression de ne pas savoir où il était, comme s'il venait de se réveiller dans cette salle d'interrogatoire alors qu'il s'était paisiblement endormi dans son lit.

Le commandant commença par de simples formalités, et celles-ci accomplies, il attaqua. Il avait décidé de miser le tout pour le tout.

– Je n'ai pas de temps à perdre, je vais donc vous présenter la situation telle qu'elle est. Avrant est enfermé ici depuis plusieurs jours et il vient de craquer. Il nous a avoué le rôle primordial que vous avez joué dans ces enlèvements, et nous a fourni tout un tas de preuves accablantes. Nous avons aussi les témoignages de Rolando et de Dufer qui vous accusent.

L'homme blêmit, mais garda le silence.

– Avrant est prêt à tout pour réduire sa peine, et s'il le peut, il vous collera cette affaire sur le dos, reprit Vatier. Nous n'en sommes donc plus à nous demander si vous êtes coupable ou innocent, nous cherchons simplement à connaître le rôle exact que vous avez joué. Je suis ici pour rétablir le poids dans la balance et découvrir les culpabilités de chacun. En revanche, si vous refusez de coopérer, je prendrai cela comme un aveu et les dires de votre patron comme argent comptant.

Il se tut et l'homme passa de longues secondes à fixer le vide.

Il ne parlera pas! jura Vatier intérieurement. J'ai misé gros et j'ai perdu.

La seule preuve qu'il détenait contre cet homme était le témoignage de Dufer. Peut-être que Rolando pourrait le reconnaître, mais il l'avait vu de nuit et rien n'était moins sûr.

Il se leva, faisant mine de quitter la pièce, et arbora un sourire victorieux lorsque l'autre l'interpella alors qu'il allait franchir la porte. Il reprit un air froid et sévère avant de se retourner.

– Je suis prêt à tout vous dire, je ne suis pas le seul coupable!

Vatier lui fit croire qu'il hésitait à se rasseoir.

– Je vous écoute, finit-il par dire.

– Avrant et moi étions très proches. Je l'ai toujours fidèlement servi et plus d'une fois je l'ai tiré d'embarras. C'est un mauvais gestionnaire et il est très ambitieux, peut-être trop…

Il poussa un soupir de lassitude.

– J'étais son comptable mais aussi son conseiller. Il me demandait toujours mon avis avant de se lancer dans quoi que ce soit. Jusqu'au jour où il entreprit ce chantier avec les deux architectes. Il avait déjà acheté le terrain et dépensé des sommes astronomiques pour mettre le chantier en route. Tout se passait bien, jusqu'au moment où les architectes lui dirent que la construction était impossible. Avrant refusa de se résigner et d'en rester là. Il voulait récupérer son argent et effectuer ce chantier coûte que coûte. Je lui disais que c'était une folie, que les architectes ne céderaient pas, mais les plans étaient faits et Avrant les voulait. Quand il a suggéré de les obtenir par la force, j'ai pensé qu'il avait perdu la tête. Mais à force d'y réfléchir, j'ai commencé à croire que cela était possible. Avrant est un homme puissant qui obtient facilement ce qu'il désire.

Le comptable marqua un silence; il pensait qu'il serait peut-être raisonnable de ne pas aller plus loin dans ses aveux. Mais il se savait perdu et seule la vérité pouvait encore le sauver.

– Nous avons donc mis au point ces enlèvements, espérant que les architectes ne feraient pas de difficultés et accepteraient de l'argent en échange de leur silence. Mais les choses ne se sont pas passées comme prévu. Après leur enlèvement par Orlando, je suis allé les chercher avec Dufer pour les emmener dans la cabane. Je pensais conclure notre accord là-bas et les ramener chez eux ensuite. Ils n'ont rien voulu entendre, aucun terrain d'entente n'était possible. J'ai pris peur et j'ai conseillé à Avrant de les relâcher, lui assurant qu'ils n'ébruiteraient pas l'affaire si nous les dédommagions grassement. Mais Avrant voulait les plans et il a refusé. Il avait déjà fait fouiller la maison de Couvier, mais les plans n'avaient pas été retrouvés. Il a ordonné à Dufer de les faire parler par tous les moyens, sans succès. Dufer perdait de l'assurance et se demandait dans quoi il s'était embarqué. Il n'était plus aussi vigilant, et une nuit Couvier a réussi à s'échapper… Nous n'avons pas pu le rattraper. En l'apprenant, Avrant est devenu hystérique et m'a demandé de le liquider. Moi aussi, j'étais dépassé par les événements et je ne savais plus quoi faire. J'ai décidé de congédier Dufer avec l'assurance qu'il ne dirait rien, et Avrant m'a envoyé un autre homme de main. Bertrand Sureau, c'est son nom. Il travaille sur les chantiers et avait déjà effectué de sales boulots pour Avrant. Ce type est arrivé avec une consigne bien précise : faire parler Plisson d'une manière ou d'une autre. Il était sans scrupule, ce fut la véritable catastrophe.

Rivoit poussa un long soupir et secoua la tête, avant de reprendre :

– Un soir, je suis arrivé à la cabane et j'ai trouvé Plisson inconscient, étendu sur le sol, baignant dans une mare de sang. J'aurais juré qu'il était mort si je n'avais pas senti son pouls en train de battre. Sureau ne comprenait rien à la situation, il voulait satisfaire Avrant et faire parler l'architecte. Il avait manqué le tuer. Je ne répondais plus de rien. Je me demandais comment je devais réagir. Avrant était complètement fou, il voulait garder Plisson jusqu'au bout, dans l'espoir qu'il parle en se réveillant. Puis vous êtes remontés jusqu'à Dufer et il vous a dit où était la cabane. Je peux dire qu'en quelque sorte, vous m'avez sorti de ce cauchemar…

– Je pense plutôt que c'est Plisson que nous avons sauvé, rétorqua Vatier.

– Comment va-t-il ? hasarda le comptable.

– Mal, il est dans le coma.

Le commandant n'en dit pas plus. Qu'il vive avec ses remords ! pensa-t-il.

Il signala au policier qui se tenait en faction près de la porte que l'entretien était terminé et se leva.

– Vous allez m'aider, n'est-ce pas ? s'écria Rivoit que l'on reconduisait vers sa cellule.

Vatier ne répondit pas.

Il réunit aussitôt ses hommes, prêt à remuer ciel et terre pour retrouver le dernier complice d'Avrant, Bertrand Sureau.

Chapitre 9

Aline observait son mari à travers la vitre de verre qui les séparait. Elle essuya une larme qui roulait le long de sa joue, s'efforçant de ne pas pleurer, mais au contraire de sourire, au cas où il ouvrirait les yeux. Il se trouvait en chambre stérile, sous assistance respiratoire, et un nombre incalculable de fils reliaient son corps à des machines et à des perfusions de toutes sortes.

Aline pensa à sa fille qu'elle devait récupérer dans la soirée, et espéra que la petite ne serait pas trop choquée de voir son père dans cet état. Le médecin vint bientôt la rejoindre.

– C'est impressionnant, mais je vous assure que les choses ne tarderont pas à s'arranger, la rassura-t-il. Il va falloir faire preuve de patience, mais j'ai appris que vous étiez infirmière, et je ne doute pas que vous soyez déjà maîtresse dans cet art, tenta-t-il de plaisanter.

Il reprit son sérieux et ajouta :

– Je ne vous cache pas que son état est grave. En ce qui concerne son pied, nous essayons d'enrayer la gangrène. Si tout se passe bien, votre mari ne perdra pas son pied mais seulement ses orteils. Il ne restera ensuite qu'à lui faire une greffe de peau à l'extrémité du pied.

Dans tout ce malheur, c'est déjà une bonne nouvelle, pensa Aline.

– Une fois que tout ira mieux, poursuivit le médecin, il devra faire de la rééducation. Mais soyons positifs, tout cela n'est pas insurmontable.

Il lui prodigua encore quelques paroles d'encouragement avant de la laisser seule.

– Je dois aller visiter d'autres patients, s'excusa-t-il.

*

*   *

Avril et Veneau n'avaient pas tardé à mettre la main sur l'adresse actuelle de Sureau qui était déjà bien connu de leurs services. Il avait été arrêté plusieurs fois pour violence conjugale et conduite en état d'ivresse, mais il s'en était toujours bien sorti.

Les deux hommes se rendirent à son domicile sans perdre de temps. Sur le trajet, Veneau s'aventura à poser à son collègue une question qui lui brûlait les lèvres :

– Dis-moi, tu en as après le commissaire en ce moment ?

Avril poussa un soupir.

– Disons qu'il est un peu sur les nerfs et qu'il me rend tendu à mon tour. Ce n'est pas toujours facile de gérer le stress dans ce genre de situation…

– Tu veux mon avis ? répondit l'autre sur le ton de la confidence. Je crois que c'est sa pipe qui lui sert d'anti-stress. Il la mâchonne à longueur de journée, c'est horripilant !

Les deux hommes éclatèrent de rire.

– Je suis bien d'accord avec toi, approuva Avril. En plus, on peut le suivre à la trace rien qu'à l'odeur de son tabac !

– Se mettre à fumer à son âge, tout de même !

Ils plaisantèrent ainsi sur le compte du commissaire ce qui leur permit de se détendre un peu.

Arrivés devant la maison de Sureau, ils retrouvèrent cependant leur sérieux. La nuit était tombée depuis plus d'une heure, mais aucune lumière n'était allumée.

– J'ai bien l'impression qu'il n'y a personne, maugréa Avril.

Ils descendirent tout de même de voiture et s'aventurèrent dans le jardin. La pelouse n'était pas entretenue et ils progressèrent prudemment à travers les hautes herbes. Veneau aperçut une lueur à travers une fenêtre.

– On dirait qu'une bougie est allumée dans cette pièce, murmura-t-il.

Les deux policiers redoublèrent de prudence et après s'être assurés qu'il n'y avait personne à l'extérieur, ils cognèrent à la porte.

– Police, ouvrez !

Ils entendirent des pas traînants se rapprocher, et se préparèrent à intervenir. À leur grande surprise, ce fut une femme qui leur ouvrit et ils dissimulèrent aussitôt leurs armes. Elle tenait un chandelier avec une bougie, à la lueur de laquelle les deux hommes distinguèrent un visage émacié au teint fantomatique. La femme était bien maigre et semblait malade. De sa main libre elle tenait d'ailleurs une canne sur laquelle elle s'appuyait.

– Vous êtes madame Sureau ? demanda Avril.

– Oui monsieur, répondit-elle d'une voix rauque.

– Nous cherchons votre mari.

– Il n'est pas à la maison, je ne sais pas quand il rentrera. Sûrement tard dans la nuit.

La femme vacilla soudain et Veneau la rattrapa avant qu'elle ne tombe. La bougie s'écrasa sur le sol, les plongeant dans le noir.

– Elle s'est évanouie ! s'écria-t-il.

Ils la transportèrent dans le couloir et l'étendirent sur un tapis. Avril appuya sur l'interrupteur pour avoir un peu de lumière, mais rien ne se produisit.

– Apparemment ils n'ont pas l'électricité, constata-t-il.

Il s'agenouilla et tapota le visage de la femme. Elle reprit ses esprits mais semblait extrêmement faible.

– Appelle une ambulance ! ordonna-t-il à son collègue.

Madame Sureau tenta de s'excuser d'un pauvre sourire.

– Je n'ai pas mangé depuis longtemps, murmura-t-elle.

Elle semblait avoir des difficultés à respirer et le policier ouvrit le col de son chemisier.

– Vous avez été battue ! s'exclama-t-il en apercevant les hématomes sur le haut de sa poitrine.

Mais la pauvre femme ne put lui répondre, elle venait une fois encore de perdre connaissance. Quelques minutes plus tard, l'ambulance arriva et la conduisit à l'hôpital. Avril et Veneau restèrent en faction devant la maison de Sureau, attendant la venue de leur homme. Il apparut à deux heures du matin, alors que les policiers commençaient à désespérer. Il s'engagea dans la rue sur les chapeaux de roues et percuta le petit muret du jardin en se garant.

– Merde ! lâcha-t-il en descendant de voiture.

Manifestement, il avait bu et tenait difficilement sur ses jambes. Les policiers ne lui laissèrent pas le temps de faire un pas de plus et le cueillirent par surprise. Ils le plaquèrent sans ménagement sur le capot de sa voiture et lui passèrent les menottes. L'homme ne comprenait pas ce qui se passait et essaya de protester. Avril n'essaya même pas d'entamer une conversation avec lui, et préféra le conduire directement au poste de police pour le placer en cellule de dégrisement.

– Nous ne tirerons rien de lui ce soir, constata Veneau, dépité.

Le lendemain matin, Avril se leva tôt. Il voulait marcher un peu avant d'aller travailler ; il avait besoin de réfléchir. Il s'engagea dans la ville, et se gara non loin du centre, heureux de parcourir des rues encore désertes à cette heure matinale. L'air frais et vivifiant lui procura le plus grand bien. Il avançait droit devant lui, plongé dans ses pensées. Cette affaire, loin d'être ordinaire, le bouleversait plus qu'il ne voulait l'admettre. Il s'était attaché à Aline et Odette, et avait partagé leurs angoisses concernant la disparition de leurs époux. Il s'était aussi pris d'affection pour le petit Louis et s'inquiétait pour lui. Il pensa à Odette qui devait être heureuse à l'idée de retrouver son ex-mari. Il devait en effet arriver dans la journée et s'installer dans son ancienne maison. Le danger était définitivement écarté, et il ne courait plus aucun risque à revenir sur Nantes.

Ce serait le début d'une nouvelle vie, pensa-t-il avec un sourire.

Aline avait elle aussi retrouvé sa fille. Elles devraient maintenant se soutenir en attendant que Charles se rétablisse. Quel bonheur de savoir ces familles à nouveau réunies !

Un homme qui marchait devant lui s'arrêta soudain pour admirer une vitrine, mais Avril ne s'en rendit pas compte et le heurta de plein fouet. Il se confondit en excuses, mais à sa grande surprise, l'inconnu l'empoigna et le prit dans ses bras.

– Avril, c'est incroyable ! Je suis heureux de te voir ! s'exclama l'homme.

Lorsqu'il l'eut lâché, le lieutenant s'écarta pour le regarder.

– Yvon, ça alors ! Que fais-tu à Nantes ? s'écria-t-il à son tour.

– Je suis venu rendre visite à ma femme qui est hospitalisée ici, répondit l'autre. Elle s'est cassé un bras en tombant dans les escaliers, mais ils ont préféré la garder en observation pour s'assurer qu'elle n'avait rien à la tête.

– Je suis désolé…

Yvon le rassura d'un sourire.

– À part ça, nous vivons toujours à Beauvoir-sur-Mer, reprit-il. C'est une petite commune, et nous nous y plaisons beaucoup. Même au niveau du travail, les choses sont beaucoup plus calmes. Je ne traite plus d'affaires sordides comme celle de la femme que l'on avait retrouvée coupée en morceaux…

Avril eut une moue compréhensive. Il se souvenait bien de cette histoire éprouvante, mal vécue par Yvon, et qui le poussa d'ailleurs à demander sa mutation dans une petite ville.

– On pourrait se retrouver pour déjeuner, proposa l'ancien collègue d'Avril. Ça fait tellement longtemps…

– J'aurais beaucoup aimé, mais je n'ai pas une minute en ce moment, s'excusa le jeune policier. Je suis sur une affaire d'enlèvement qui a mal tourné et nous devons encore interroger un suspect.

– Tant pis pour moi, répondit Yvon en haussant les épaules. Je suppose qu'avec ton rythme de vie tu n'es toujours pas marié ?

Avril baissa les yeux comme un enfant pris en faute.

– Effectivement, je n'ai pas vraiment de temps à consacrer à une femme. Mais je ne désespère pas de trouver un jour chaussure à mon pied, lança-t-il d'un air malicieux.

Les deux hommes discutèrent encore quelques minutes sur le trottoir avant de se séparer. Avril était heureux d'avoir revu son ancien collègue, mais il était un peu gêné car tous deux n'étaient plus sur la même longueur d'onde.

Il n'aspire qu'au calme et à la tranquillité, pensa-t-il, ce qui n'est pas vraiment compatible avec notre boulot. Je lui souhaite de ne jamais être muté dans une grande ville…

Il rejoignit sa voiture pour se rendre au commissariat et sur le trajet, il se prépara pour l'interrogatoire de Sureau.

*
*   *

Mais je ne suis pas folle, je m'étais bien garée dans cette rue, pensa Aline en scrutant les environs avec agacement.

Chargée d'un gros sac de commissions, cela faisait dix minutes qu'elle parcourait la rue d'un bout à l'autre à la recherche de sa voiture qui semblait s'être volatilisée. L'espace d'un instant, elle se demanda si elle avait pu être emportée par la fourrière, mais elle rejeta aussitôt cette supposition, convaincue de s'être garée sur une place de stationnement.

Un homme marchant à l'aide d'une canne et aux cheveux blanchissants l'interpella soudain :

– Excusez-moi, madame, peut-être pourrez-vous me renseigner ? Je cherche la rue Viarme.

– Nous y sommes, monsieur ! répondit Alinc, l'air étonné.

Le vieil homme leva le nez vers la petite plaque bleue sur le mur, indiquant le nom de la rue. Il plissa les yeux pour faciliter sa lecture.

– Non, nous sommes dans la rue des Violettes, dit-il avec un sourire indulgent.

Aline lut à son tour et éclata de rire.

– Je pouvais continuer à chercher ma voiture longtemps ! s'exclama-t-elle avec soulagement. Vous venez de me rendre un grand service, dit-elle à l'homme. Suivez-moi, je vais vous conduire à cette rue, je m'y rends moi aussi.

Elle s'empara du cabas que le vieillard traînait derrière lui avec difficulté et l'escorta jusqu'à la rue Viarme. Arrivés sur place, il la remercia vivement et s'en alla de son pas pesant.

Aline s'empressa de grimper dans sa voiture. Elle ne songeait qu'à une chose : rentrer chez elle et retrouver sa fille qu'elle avait laissée seule en compagnie de Timide. En l'espace de quelques heures, ces deux-là étaient devenus les meilleurs amis du monde. La jeune femme était heureuse d'avoir retrouvé Annette, même si celle-ci avait beaucoup changé au cours de son séjour chez sa grand-mère. L'enfant était devenue difficile et capricieuse et Aline se sentait parfois dépassée.

Elle se comporte comme ça uniquement pour attirer mon attention, chercha-t-elle à se rassurer. La pauvre petite s'est sentie délaissée ces derniers temps, et retrouver son père à l'hôpital n'a pas amélioré les choses.

Ce cauchemar était enfin terminé et il n'était pas question de baisser les bras maintenant. Aline était bien déterminée à reprendre en main l'éducation de sa fille et à retrouver au plus vite un rythme normal.

Je vais reprendre le travail d'ici peu, pensa-t-elle, je vais me remettre à cuisiner pour Annette et moi, car je me suis laissée aller ces derniers temps. J'ai dû perdre au moins quatre kilos !

Elle jeta machinalement dans le rétroviseur un coup d'œil à son visage amaigri.

Je dois reprendre des forces pour m'occuper de Charles et l'aider à sortir de l'hôpital au plus vite, décida-t-elle. Il n'y a qu'Annette et moi qui pouvons contribuer à lui remonter le moral. Bientôt tout redeviendra comme avant…

Malgré ses bonnes résolutions, Aline savait que les choses ne seraient pas aussi simples. Même avec la meilleure volonté du monde, plusieurs mois de convalescence et de rééducation seraient nécessaires à Charles avant qu'il ne se rétablisse.

La voiture de devant freina soudain d'un coup sec et la jeune femme plongée dans ses pensées manqua de lui rentrer dedans. Elle pesta intérieurement contre son manque de vigilance avant de redémarrer. Il lui apparut soudain que s'il lui arrivait quelque chose, sa fille et son mari se retrouveraient seuls au monde. Un frisson lui parcourut l'échine et elle s'efforça de chasser de son esprit cette effroyable pensée.

*

* *

Le commandant réunit Avril et Veneau dans son bureau pour un dernier briefing avant l'interrogatoire de Sureau.

– Messieurs, nous devons être très vigilants. D'après les autres suspects, nous détenons là l'homme qui aurait mis Plisson dans un tel état. De gré ou de force, ce salopard doit avouer ce qu'il a fait. Je compte bien qu'il assume ses responsabilités.

Les deux autres acquiescèrent. Le commissaire Vivien les rejoignit alors. Il prodigua encore un bon nombre de recommandations avant de précéder Vatier et ses collègues jusqu'à la salle d'interrogatoire. À leur arrivée, Sureau était déjà installé, il les observa, arborant un sourire moqueur.

Avril présenta succinctement ses trois compagnons avant de commencer :

– Votre âge et votre profession, monsieur Sureau ?

L'homme le dévisagea un instant avant de répondre :

– J'ai trente-sept ans et pas de travail.

– De quoi vivez-vous ?

– De petits boulots par-ci par-là.

– Combien avez-vous touché pour la séquestration de monsieur Plisson ? attaqua Avril.

– Je ne vois pas de quoi vous parlez ! se braqua aussitôt Sureau.

Avril poussa un soupir d'agacement.

– Les faits ne sont plus à prouver, nous avons assez de témoins à charge. Si vous le désirez, je peux vous faire incarcérer dès maintenant à la prison de Nantes et veiller personnellement à ce que vous y croupissiez un bon nombre d'années avant d'être jugé.

Sureau posa un regard vitreux sur les enquêteurs. Les brumes de l'alcool ne s'étaient pas totalement dissipées.

– Très bien… Avrant m'a payé trois fois rien pour faire parler l'architecte. Je devais toucher le gros de l'argent après. Mais je n'ai pas eu le temps…

– En effet, il n'était plus vraiment en état de causer quand nous l'avons retrouvé, lança Avril d'un ton sarcastique.

– OK… j'y suis allé un peu fort, reconnut Sureau. Mais cet imbécile ne voulait rien dire et moi j'avais besoin du fric, il m'a rendu fou.

– Vous pensez que tabasser une personne et la laisser sans eau ni nourriture en compagnie des rats est le meilleur moyen de persuasion ?

– J'ai des dettes, le loyer de la maison, et…

– Et les casinos, et la boisson ! Oui je sais, tout ça n'est pas donné, rétorqua Avril.

Un policier fit irruption dans la pièce, interrompant l'interrogatoire. Il s'approcha du commissaire qui assistait à l'entretien, et lui murmura quelque chose à l'oreille. Celui-ci se leva :

– Continuez sans moi, je reviens dans deux minutes.

Il refit son apparition peu de temps après et se dirigea droit sur Sureau.

– Où étiez-vous hier soir ? demanda-t-il.

– Je jouais aux cartes dans un bar avec des copains, répondit Sureau l'air peu sûr de lui.

– Mes hommes viennent d'arrêter un dénommé Pierre Vauban. Il a été interpellé pour un cambriolage la nuit dernière et a avoué que vous étiez son complice.

– Le fumier ! lâcha Sureau entre ses dents.

– Je comprends mieux en quoi consistent vos petits boulots, remarqua Avril.

– Ne vous formalisez pas là-dessus, continua le commissaire. Vous allez être inculpé pour séquestration et tentative de meurtre, alors je vous assure qu'un cambriolage de plus ou de moins ne changera pas grand-chose !

– Vous ne pouvez pas me mettre en prison, s'écria l'homme. J'ai une femme à la maison qui a besoin de moi.

– Une femme qui a besoin que l'on vous tienne éloigné d'elle, répliqua Veneau qui n'était pas encore intervenu jusque-là. Nous l'avons retrouvée dans une maison sans eau ni électricité et dans un état physique et psychologique très critique. Vous l'avez détruite et c'est sans vous qu'elle pourra se reconstruire.

– Je ne vois pas comment, elle n'a pas un sou en poche, railla l'autre.

– Vous êtes un monstre ! siffla Veneau.

Vatier sentit la tension de son collègue et décida d'intervenir :

– Par qui avez-vous été recruté, par Avrant ou par son comptable ?

– L'un ou l'autre, il n'y a pas grande différence. Ils marchent ensemble ! Avrant avait déjà fait appel à mes services. J'avais eu l'occasion de rencontrer le comptable qui semblait plus ou moins tirer les ficelles, du moins jusqu'à il y a peu de temps. Je ne l'avais jamais côtoyé auparavant, mais pour cette histoire avec l'architecte, le comptable est venu me voir plusieurs fois à la cabane. Il voulait savoir s'il avait craché le morceau. Lors de ses dernières visites, il était très inquiet. Il disait que nous n'en tirerions rien et que c'était de la folie de continuer…

– Pour quel sale boulot Avrant t'a-t-il déjà employé ? demanda Vatier.

– La dernière fois, c'était pour couler un bateau. Il était en désaccord avec le propriétaire, un riche industriel. Disons que c'était un avertissement. J'en sais pas plus… Cette crapule d'Avrant a refusé de me payer en totalité après ça. Je m'étais juré de ne plus jamais traiter avec lui, mais j'ai trop besoin de fric.

Il se passa une main sur le visage, l'air soudain très fatigué.

– Je pourrais avoir un verre d'eau ?

– Attends d'abord que nous en ayons terminé, répondit sèchement Vatier. Et la voiture brûlée d'un chef de chantier, c'était toi ?

– C'est une vieille affaire, ça remonte à plus de quatre ans ! Le gars mettait des bâtons dans les roues à Avrant… Mais comment savez-vous ça, au juste ?

– Les rumeurs… se contenta de répondre le commandant. Bon, je vois que vous n'en êtes pas à votre premier forfait, soupira-t-il. Je vous disais tout à l'heure que cela ne changerait pas grand-chose, mais si l'on considère tous ces méfaits mis bout à bout, l'addition risque d'être salée !

– Autant dire que tu ne sortiras pas de l'hôtel quatre étoiles de la Nation avant d'avoir payé ! ajouta Avril.

– Dispensez-moi vos mots d'esprit, lieutenant, maugréa Sureau.

Vatier se leva, imité par ses hommes.

– Nous en avons assez entendu pour aujourd'hui, conclut-il. Vous pouvez retourner dans votre cellule.

Tous trois suivirent le commissaire Vivien jusqu'à son bureau pour faire le point.

– Cet homme est complètement perturbé, dit Vatier. Il agit sans avoir pleinement conscience de ses actes. Il a connu tant de drames dans sa vie que le malheur d'autrui ne l'atteint plus. Il aurait sérieusement besoin d'une thérapie…

Le commissaire ouvrit un épais dossier qui se trouvait sur son bureau, alluma sa pipe qu'il avait laissée dans le cendrier, et commença :

– Jusqu'à l'âge de dix ans, Sureau a vécu une vie sans nuage. D'après ce rapport, c'était un enfant stable sans problème apparent. Jusqu'au jour où ses parents, sa sœur et lui ont eu un accident de voiture. Sureau était derrière avec sa sœur, âgée d'une quinzaine d'années, et leur chien. Selon leurs témoignages, à lui et à sa sœur, le chien était agité, il n'arrêtait pas d'aboyer. Le père a demandé à son fils de le calmer, de le faire tenir tranquille, mais le petit n'arrivait à rien. Au bout d'un moment, le père agacé s'est retourné pour donner une tape à l'animal, et ne s'est pas aperçu que la voiture déviait. Elle est allée percuter un arbre et les parents ont été tués sur le coup. Le rapport révèle que Sureau a séjourné plusieurs semaines à l'hôpital, tout comme sa sœur. Par la suite l'adolescente a refusé de voir son frère qu'elle tenait pour responsable de l'accident. À sa sortie, le petit a été placé chez une grand-tante du côté paternel. Sa sœur, quant à elle, a été mise en internat et a continué ses études, refusant tout contact avec son frère. À sa majorité, elle a touché sa part de l'héritage parental et est devenue la tutrice de Sureau. Mais elle ne lui a jamais donné ce qui lui était dû et lui n'est jamais venu réclamer quoi que ce soit. De son côté, il a commencé à déconner. Il a séché les cours et fréquenté des voyous sans que personne ne l'en empêche. Il a mené une adolescence agitée et a été arrêté plusieurs fois pour de petits délits. Le jour de ses dix-huit ans, sa grand-tante l'a mis dehors, lui ordonnant de ne plus jamais revenir chez elle. Sureau n'avait pas un centime en poche et est devenu SDF. Il faisait quelques petits boulots à droite à gauche, mais rien de concret. Puis il a rencontré sa femme actuelle alors qu'ils avaient une vingtaine d'années. Issue de la DASS, elle était aussi instable que lui. Ils ont essayé de se construire et Sureau a trouvé un emploi d'ouvrier dans une usine où il a travaillé quelques années. Mais l'entreprise a été délocalisée en Tunisie et Sureau licencié. Il a commencé à boire et à frapper sa femme qui a appelé plusieurs fois la police mais elle refusait toujours de porter plainte. C'est alors que Sureau a été embauché par Avrant et qu'il s'est engagé pour de bon sur la mauvaise pente…

Vatier poussa un soupir et jeta un bref coup d'œil aux deux autres qui écoutaient avec intérêt.

– Nous avons ici un rapport détaillé sur la situation actuelle de sa sœur : elle vit à Nantes et est mariée à un homme qui a une très bonne situation. Ils ont trois enfants, aujourd'hui adolescents. Prenez contact avec elle afin de lui expliquer où en est son frère. Peut-être acceptera-t-elle de venir le voir ?

Vatier rencontra Sureau plusieurs fois au cours de la semaine qui suivit, mais il semblait que l'homme lui avait tout rapporté et qu'il n'y avait pas grand-chose de plus à apprendre. Au fil de leur rencontre, le commandant avait développé une forme de compassion à l'égard du détenu et avait mis quelques petites choses en œuvre pour l'aider. Ce jour-là, il entra dans la salle d'interrogatoire d'assez bonne humeur, pressé de faire part à l'autre de ses bonnes nouvelles.

– Je ne vous ai rien dit jusqu'à maintenant, commença Vatier, mais j'ai pris quelques dispositions.

Il se tut un instant, observant la réaction de Sureau.

– J'ai contacté votre sœur pour lui expliquer la situation. Comme à son habitude, elle a refusé de venir vous voir, mais tout n'est pas perdu : votre nièce qui a tout juste dix-huit ans a pris toute cette histoire très à cœur, si bien qu'après mûre réflexion, elle a décidé de s'impliquer dans tout ça.

Sureau eut un hoquet de surprise :

– Ma nièce, dites-vous ?

– Elle a décidé de vous rendre visite d'ici peu, car elle pense que le fait de renouer avec votre famille vous fera le plus grand bien et vous aidera sûrement à vous en sortir. Elle veut aussi apporter son soutien à votre femme qui est très seule et qui a besoin de quelqu'un pour l'aider dans son quotidien. Et ce n'est pas tout : une partie de l'héritage de vos parents qui aurait dû vous revenir à votre majorité sera versée à votre femme. Vous toucherez le reste à votre sortie de prison.

Vatier surprit une larme rouler le long de la joue de Sureau avant de se perdre dans sa barbe mal rasée. Cela faisait des années que le pauvre homme n'avait connu tant de sollicitude. Il fallait qu'il soit tombé au fond du gouffre pour qu'on lui tende enfin la main. Quelle ironie !

– Je regrette tellement tout ce qui s'est passé, finit-il par murmurer. Comment ai-je pu devenir ce que je suis aujourd'hui ?

Il leva un regard pitoyable vers le commandant.

– Vous me croirez si vous voulez, mais j'espérais que cette affaire serait la dernière. Je voulais devenir quelqu'un de bien, aussi bien vis-à-vis de ma femme que vis-à-vis de moi-même. Je ne voulais pas mettre Plisson dans un tel état. Mais quand j'ai vu que rien ne pouvait le faire parler et que je risquais encore une fois de me faire avoir, j'ai perdu les pédales et je me suis mis à le cogner. Je ne savais plus ce que je faisais, j'étais désespéré…

– Pourquoi l'avez-vous laissé agoniser dans cette cabane au lieu de le secourir ? demanda doucement Vatier.

Sureau tenta de réprimer le tremblement de ses mains.

– C'est à cause du gosse. Je croyais que le petit qu'Avrant avait fait enlever était le fils de l'homme que j'avais frappé. J'ai entendu aux infos que le gamin avait dix ans, qu'il jouait du violon, que c'était un enfant équilibré, sans problème, adoré par ses parents… Et là je me suis revu à son âge, juste avant l'accident.

Sureau contenait difficilement les sanglots faisant trembler sa voix.

– Moi aussi, je jouais du violon. J'étais comme lui : j'avais une famille et une vie sans problème. J'ai ensuite repensé à l'homme que j'avais laissé inconscient dans la cabane, que je pensais être le père du gamin. Je me suis revu en train de le tabasser… C'était comme si j'avais tué mon père une deuxième fois.

Sureau s'interrompit, il n'était plus en mesure de parler. Après quelques minutes de silence, il se reprit :

– Ma mère était professeur de violon et m'a transmis sa passion pour la musique dès mon plus jeune âge. Pourquoi la vie est-elle ainsi faite ? Ce gosse a de la chance alors que moi j'ai tout perdu. Même ma sœur ne veut plus entendre parler de moi… C'était la seule personne qu'il me restait et elle m'a abandonné. Elle a reconstruit sa vie, elle s'est mariée, a eu des enfants et n'a jamais manqué de rien. Pourquoi m'a-t-elle toujours refusé ne serait-ce qu'une miette de son bonheur ?

Vatier écoutait l'homme en silence et se surprenait lui-même de la compassion qu'il lui inspirait. Cependant, il s'efforça de n'en rien laisser paraître.

– Vous savez, commandant, la seule personne m'ayant donné de l'amour, c'est Linette, ma femme. Mais là encore je n'ai pas su me montrer à la hauteur… Il m'est même arrivé de la frapper ! réalisa-t-il en s'affaissant sur sa chaise.

Il posa alors son regard sur le commandant :

– Comment va monsieur Plisson ?

– Mal, répondit Vatier, mais nous avons bon espoir : avec le temps il devrait se rétablir.

– Pourriez-vous leur transmettre, à lui et à sa femme, mes excuses les plus sincères, et leur dire à quel point je regrette ?

Quelques minutes plus tard, Avril, Veneau et Vatier s'observèrent en silence. Ils n'auraient jamais cru que les choses prendraient une telle tournure et ils étaient abasourdis. Avril et Veneau n'avaient rien manqué de la conversation qu'ils avaient suivie derrière la vitre sans tain. Tous se sentaient partagés entre la détresse actuelle de Sureau et les horreurs qu'il avait commises quelques jours auparavant.

– Avez-vous des nouvelles de monsieur Plisson ? finit par demander Avril.

– J'ai appelé sa femme, répondit Vatier. Il a été sorti de son coma artificiel. On lui administre de la morphine pour lutter contre la douleur, et il reste placé en chambre stérile…

Vatier poussa un soupir désolé :

– Pour sa blessure, ils n'ont d'autre choix que de lui amputer les doigts du pied.

Veneau eut une grimace de dégoût.

– Depuis quelque temps, la médecine se tourne à nouveau vers une ancienne pratique très efficace qui consiste à recouvrir la plaie d'asticots. En quelques heures, les bestioles nettoient la partie gangrenée. Pour Plisson, il s'agit des orteils…

Avril souffrait pour ce pauvre homme. Afin de masquer sa gêne, il changea de sujet :

– De mon côté, j'ai eu des nouvelles des Couvier. Ils filent un parfait bonheur. Odette et Jean-Louis ont décidé de se remarier. Quant à leur fils Louis, il va beaucoup mieux depuis qu'il est suivi par un psychologue pour enfants, très compétent selon les dires de madame Couvier.

– Enfin des bonnes nouvelles ! Je les trouve plutôt rares ces derniers temps, s'exclama Veneau.

Vatier se passa une main sur le visage puis s'étira.

– Il est certain que cette affaire n'a pas été des plus joyeuses, mais tout se termine plutôt bien. Je vous laisse trois jours pour rédiger vos rapports respectifs, messieurs, et vous remettre de vos émotions, conclut Vatier.

Les trois hommes allèrent se chercher un café à la machine installée dans le couloir.

– Tout de même, avança Veneau en revenant à son sujet de préoccupation, il y a des vies assez incroyables ! Regardez ce pauvre Sureau : jusqu'à la mort de ses parents, c'était un gamin qui avait tout pour lui, son avenir semblait tracé et rien ne laissait présager qu'il deviendrait un tel homme !

– Certains ont de la chance et d'autres n'en ont pas, la vie est ainsi faite ! Ce n'est pas parce que rien ne nous sourit que l'on doit se transformer en tortionnaire, rétorqua Avril.

– Il est allé bien trop loin, je te l'accorde, admit Veneau. Cependant je pense que lorsque l'on juge ce genre d'individus, on doit tenir compte des drames intervenus dans leurs vies et de leur impact. Imagine-toi ! Sureau a perdu ses parents à l'âge où il avait besoin d'eux plus que tout au monde, il a été ensuite rejeté par sa sœur, puis par sa grand-tante. Il avait à peine dix-huit ans et se trouvait déjà mis au ban de la société. Personne ne l'a jamais aidé et il n'a pas fait les bonnes rencontres. Ne penses-tu pas que cela explique certaines choses ?

Avril eut une moue dubitative.

– Tu as raté ta vocation, tu aurais dû être avocat ! finit-il par lancer d'un ton railleur.

Chapitre 10

Avril s'étira longuement avant de rejeter énergiquement la couverture et de filer sous la douche. Cela faisait longtemps qu'il n'avait pas dormi d'un sommeil aussi réparateur et il se sentait en pleine forme. Avant d'aller au commissariat, il passa rendre visite aux Couvier. Odette était déjà partie au journal et avait déposé Louis à l'école. Seul Jean-Louis se trouvait à la maison. Les deux hommes prirent un café ensemble, accompagné de quelques viennoiseries, et l'architecte en profita pour se confier :

– Vous savez, dit-il, ce qui m'est arrivé est à la fois positif et négatif. C'est dur à réaliser, mais ce cauchemar m'a permis de me soustraire à l'influence d'Avrant et de retrouver ma famille. Je suis à la fois en état de choc et heureux de vivre, c'est vraiment spécial ! Depuis mon retour, Louis est un enfant épanoui. Il n'est plus seul à la maison lorsqu'il rentre de l'école et nous partageons des moments extraordinaires. Odette a aussi allégé son temps de travail pour que nous passions des moments tous les trois. Nous avons même prévu de nous remarier quand je serai tout à fait rétabli.

Il baissa ensuite la voix d'un ton, signifiant qu'il s'apprêtait à faire une confidence :

– Je culpabilise d'avoir eu tant de chance alors que Charles est à l'hôpital dans un triste état. Qui sait comment les choses se seraient terminées si j'avais été à sa place ? Peut-être qu'Odette ne se serait pas senti le courage d'assumer une telle charge et que je serais tout seul aujourd'hui…

Avril repensa à la conversation qu'il avait eue la veille avec Veneau.

– Oui, il faut croire que c'est la vie qui nous façonne et non l'inverse, murmura-t-il pensif.

Il remercia vivement monsieur Couvier pour ce petit déjeuner improvisé, puis se rendit chez madame Plisson. Il se dit que sa fille devait être de retour à la maison et il était curieux de faire sa connaissance.

Lorsqu'Aline lui ouvrit la porte, elle était dans tous ses états. Elle l'accueillit d'un sourire crispé :

– Lieutenant, vous ne tombez pas particulièrement bien, s'excusa-t-elle. Je suis horriblement en retard pour aller travailler et Annette n'est toujours pas prête !

Elle poussa un soupir et se laissa finalement tomber sur une chaise avant d'inviter Avril à en faire autant.

– Vous savez, depuis son retour, les choses ne se passent pas très bien, confia-t-elle. Les quelques jours passés chez sa grand-mère ne lui ont pas vraiment été bénéfiques : ma mère lui a toujours laissé faire ce qu'elle voulait. Annette a douze ans et elle entre en pleine crise d'adolescence : elle ne veut plus travailler à l'école, cherche constamment le conflit avec moi, et elle se comporte comme si son père ne se trouvait pas en petits morceaux à l'hôpital ! Elle n'y met pas du sien et…

– C'est qui ? demanda soudain la fillette qui était descendue sans bruit et se tenait sur le pas de la cuisine.

– Annette, je te présente le lieutenant Avril. Il m'a beaucoup aidée lors de la disparition de ton papa. Lui et ses collègues ont tout mis en œuvre pour le retrouver.

– Et alors ? Je dois l'applaudir ? lança l'adolescente d'un ton hargneux. T'as vu dans quel état ils l'ont ramené, mon père ? Peut-être que finalement ils auraient mieux fait de le laisser là-bas…

Aline ne put se contenir et elle gifla sa fille.

– Je te déteste. Fous-moi la paix et laisse-moi retourner vivre chez mamie ! hurla Annette avant de courir se réfugier dans sa chambre.

Aline qui s'était vivement levée, se laissa lourdement retomber sur sa chaise.

– Elle ne veut pas venir voir son père à l'hôpital. Je crains que ce soit trop dur pour elle. Je dois aller voir mon mari cette après-midi, mais Annette n'a pas école et dans l'état où elle est, je n'ose pas la laisser toute seule.

Elle posa un regard fatigué sur le lieutenant.

– Les choses sont tellement compliquées, murmura-t-elle.

Avril ne put résister face à tant de détresse et proposa :

– Si vous voulez, déposez-moi Annette au commissariat après le déjeuner. Je pourrai essayer de discuter avec elle… Et puis quelques heures au poste lui permettront peut-être de réfléchir avant de faire des bêtises !

Aline eut un regard reconnaissant, puis se leva :

– Je dois absolument aller travailler maintenant. Si vous me le permettez, je vais monter pour avoir une petite conversation avec ma fille.

Avril se leva et prit rapidement congé, soucieux de ne pas la retarder davantage.

Malgré ses problèmes avec Annette, Aline se sentait beaucoup mieux depuis le retour de Charles. Elle avait recommencé à cuisiner et à prendre soin d'elle. Tous les matins, elle choisissait sa tenue avec soin et prenait plaisir à se maquiller. Son seul problème était désormais le comportement d'Annette qu'elle ne parvenait pas à gérer. Il lui arrivait parfois de s'imaginer des scénarios catastrophes : si elle se mettait à fréquenter les mauvaises personnes et persistait à refuser tout dialogue avec elle, alors que deviendrait l'adolescente d'ici quelques années ? Durant sa carrière d'infirmière, Aline avait souvent croisé la route de jeunes gens désorientés qui semblaient avoir touché le fond. Certains d'entre eux n'étaient guère plus âgés que sa fille. Doit-on incriminer les parents qui, à un moment ou un autre, ont failli dans leur éducation ? Une chose était sûre, Aline devait reprendre sa fille en main. Elle espérait que son après-midi au commissariat lui serait bénéfique.

La jeune femme se gara sur le parking de l'hôpital et jeta un coup d'œil à sa montre. Elle était affreusement en retard. Mais elle ne regrettait pas d'avoir discuté avec sa fille avant de partir, car lorsqu'elle l'avait déposée à l'école, celle-ci semblait s'être un peu calmée. Aline traversa le parking à grands pas et s'engouffra dans les vestiaires pour aller se changer. L'infirmière en chef ne lui ferait sûrement pas de reproches ; elle se montrait très compréhensive et la soutenait autant qu'elle le pouvait depuis son retour. Elle avait d'ailleurs proposé à Aline d'aménager ses horaires de travail en fonction des horaires de visite de Charles et de l'emploi du temps d'Annette. Aline ne pouvait mieux rêver ! Elle avait aussi fait une demande de mutation à l'hôpital où se trouvait Charles. Elle espérait y intégrer le bloc opératoire où l'on manquait d'infirmières, et être ainsi plus proche de son mari. Charles venait de se faire amputer des doigts du pied et de subir une greffe de peau. Il se remettait doucement de ses diverses blessures. Il devrait sûrement passer plusieurs mois à l'hôpital, ne serait-ce que pour les séances de rééducation quotidienne, avant d'être suffisamment rétabli pour rentrer à la maison.

Aline rangea soigneusement ses affaires dans un casier avant de rejoindre les couloirs de l'hôpital. Elle respira un bon coup pour chasser toutes ces idées tourbillonnant dans sa tête, puis se dirigea vers la chambre de son premier malade.

*
* *

Jean-Louis ne dormait pas. Il se leva doucement pour ne pas réveiller sa femme, enfila son peignoir et s'approcha de la fenêtre. La nuit était belle, une douce brise faisait bruisser les feuilles des arbres éclairés par le halo de la lune. Jean-Louis se sentait heureux et comblé depuis qu'il était revenu vivre avec sa femme et son fils. Tout se passait à la perfection et il nageait dans le bonheur. Louis avait rencontré un psychologue durant quelques séances et il allait désormais beaucoup mieux. Il avait repris ses cours de violon et se préparait à donner une représentation dans les semaines à venir. Il se montrait aussi très studieux à l'école et semblait content de retrouver son père à la maison lorsqu'il rentrait.

Tous les deux n'avaient jamais été aussi proches, c'est comme s'ils apprenaient à se connaître une nouvelle fois. Sa relation avec Odette avait elle aussi complètement changé. Ils filaient le parfait amour. À vrai dire, c'était comme s'ils n'avaient jamais cessé de s'aimer. Il leva les yeux vers les étoiles et adressa une prière muette au ciel pour exprimer sa gratitude. L'épreuve avait été dure, mais il se savait définitivement sauvé. Il avait retrouvé sa famille et désormais plus personne ne se mettrait en travers de son chemin, surtout pas un individu comme Avrant.

Un oiseau passa soudain tout près de la fenêtre et cela le fit sursauter. Était-ce un pigeon, une tourterelle ? Ou tout simplement un signe du ciel qui répondait à sa prière ? Odette remua dans le lit et Jean-Louis décida de retourner à ses côtés. Il s'allongea et la prit dans ses bras, la serrant contre lui. Elle entrouvrit les yeux et lui murmura qu'elle l'aimait, avant de se rendormir. Il lui caressa longuement les cheveux, ivre de bonheur, puis s'assoupit à son tour alors que les premières lueurs du jour faisaient leur apparition.

Jean-Louis ne devait reprendre le travail que dans quelques mois et en attendant, il savourait chaque jour de sa convalescence. Le matin et le soir, il profitait de la compagnie de sa femme et de son fils dont il ne se lassait pas. La journée, il s'occupait de la maison autant que son état le lui permettait. Il rendait visite à Charles tous les jours et assistait à son lent rétablissement. Les doses de morphine qu'on lui administrait étaient moins fortes qu'auparavant et il avait les idées plus claires, même s'il avait encore quelques moments d'absence. L'opération de son pied s'était bien déroulée et les médecins étaient optimistes. Son ami semblait être sur la bonne voie…

Annette aussi allait beaucoup mieux. Sa mère avait fait appel à un éducateur qui opérait un miracle sur la jeune fille. Pour l'instant, ils n'avaient passé que peu de temps ensemble, mais les changements étaient notables. L'adolescente avait simplement besoin d'une personne qui s'intéresse pleinement à elle, qui la guide et comprenne son mal-être. Les quelques heures passées en compagnie d'Avril avaient, elles aussi, été bénéfiques. Tous deux avaient longuement discuté et la fillette avait ainsi mieux réalisé le calvaire qu'avait vécu son père. Ils avaient aussi parlé de Sureau. Avril lui avait expliqué que si, comme elle, il avait eu la chance d'avoir ses parents, il n'en serait peut-être pas là aujourd'hui. Annette avait du mal à plaindre cet homme qui avait fait tant de mal à son père, mais en son for intérieur elle admettait qu'il n'avait vraiment pas eu de chance. Elle allait à l'hôpital tous les jours après l'école et sa gaieté encore enfantine apportait un peu de baume au cœur de Charles. Elle lui racontait ses journées et ne cessait de lui répéter qu'il devait guérir vite pour rentrer à la maison.

– Je serai là pour t'aider, papa ! essayait-elle de le rassurer. Nous ferons comme avant : tu m'emmèneras au bord de la Loire faire de longues balades à vélo et on ira pêcher. Et puis, à ton retour, je te présenterai Timide. C'est notre nouveau chat et il est vraiment trop mignon !

Elle avait d'ailleurs déjà essayé de l'emmener à l'hôpital en cachette, mais Aline s'en était aperçue dans la voiture et elle avait dû faire demi-tour. Il arrivait encore à Annette de se comporter comme une petite fille, et cela faisait sourire sa mère.

Tout cela redonnait du courage à Charles qui se sentait aimé et soutenu. Parfois dans la nuit, les infirmières l'entendaient appeler sa femme et sa fille dans son sommeil. Elles étaient sa raison de vivre et de s'en sortir.

Le soir, toutes deux se retrouvaient à la maison et passaient de doux moments ensemble.

Chapitre 11

Plus d'un an s'était écoulé. Le moment tant redouté par les deux familles était enfin arrivé : les coupables allaient être jugés.

Aline et Odette en avaient peu parlé entre elles, ni même avec leurs maris, préférant se concentrer sur leur nouvel équilibre retrouvé. Mais tous savaient que cela devait arriver et qu'il faudrait alors comparaître.

Le procès débuta avec le jugement de madame Avrant qui, jusqu'à maintenant, avait été placée en liberté provisoire. La pauvre femme était rongée par le remords et culpabilisait du rôle qu'elle avait pu jouer dans cette affaire. Elle avait d'ailleurs cherché à rencontrer Odette pour s'excuser d'avoir retenu Louis, tenant à lui rappeler son intention de le protéger. La mère de l'enfant l'avait écoutée d'un air crédule, ne lui avait pas répondu, mais l'avait tout de même entendue.

Lors de l'ouverture du procès, Odette et Jean-Louis étaient présents, en retrait, cherchant à fuir les journalistes. L'avocat de madame Avrant entama sa plaidoirie en insistant sur le fait que sa cliente n'avait pas retenu l'enfant dans l'espoir de toucher une rançon, mais dans le but de le protéger de son ex-mari, individu dangereux qu'elle connaissait fort bien pour avoir vécu à ses côtés durant de longues années. On lui reprocha tout de même de ne pas être entrée en contact avec la police. Madame Avrant qui ne souhaitait pas plaider sa cause, se tint recroquevillée sur sa chaise durant tout le procès, le teint blême et l'air fatigué. Elle dut attendrir le jury car elle ne fut finalement condamnée qu'à huit mois de prison avec sursis et à cent heures de travaux d'intérêt général.

Une semaine plus tard débuta le procès de José Rolando. L'ouvrier était représenté par un avocat commis d'office car il n'avait pu réunir l'argent nécessaire pour en engager un. L'homme semblait dépassé par les événements et ne pas réaliser ce qui se passait. Il était cloué sur sa chaise, le regard rivé au sol.

Il fut établi que Rolando avait été manipulé par Avrant. N'ayant pas eu connaissance du sort réservé aux architectes, le jury décida d'être clément avec lui. Cependant, tout comme à madame Avrant, on lui reprocha de ne pas avoir averti la police après s'être aperçu que les choses tournaient mal. Rolando écopa lui aussi d'un an de prison avec sursis.

Le procès d'André Dufer eut lieu six mois plus tard, ce qui laissa le temps aux deux architectes et à leurs familles de retrouver un semblant de normalité dans leur quotidien. Jean-Louis était tout à fait rétabli et avait repris le travail. Il fut engagé par une société de construction qui avait racheté les contrats d'Avrant. Charles, quant à lui, avait presque terminé sa rééducation et ne tarderait pas à sortir de la maison de repos dans laquelle il avait été placé. Il ne gardait aucune séquelle des coups qu'il avait reçus, et malgré l'amputation, il avait recouvré la quasi-totalité de l'usage de son pied. On lui avait proposé de travailler aux côtés de Charles. Les deux hommes pouvaient décider de faire équipe s'ils le désiraient. Ils étaient connus dans le milieu pour être des architectes intègres, efficaces et qualifiés, et après le coup médiatique qui les avait frappés, les offres d'emplois ne manquaient pas.

Aline et Odette étaient heureuses que leurs maris s'en sortent à si bon compte, et elles prenaient plaisir à entretenir leur nouvelle amitié. Les deux femmes passaient beaucoup de temps ensemble ; par conséquent, il en était de même pour leurs enfants. Les deux adolescents s'entendaient à merveille et il n'était pas rare qu'ils se retrouvent chez l'un ou chez l'autre pour discuter ou faire leurs devoirs. Annette admirait énormément Louis, et elle s'était mise au solfège dans l'intention de prendre des cours de violon dès la rentrée.

Pour le procès de Dufer, Charles tint à être présent. Il quitta la maison de repos le temps d'une journée et se rendit au tribunal, accompagné de sa femme et des Couvier. Le procès fut tumultueux mais le jury n'eut aucun mal à délibérer. On lui reprocha les coups infligés à Jean-Louis Couvier ainsi que l'enlèvement de son fils. Il fut condamné à quatre ans de prison ferme, ainsi qu'à deux cents heures de travaux d'intérêt général à effectuer dès sa sortie.

La semaine suivante, ce fut Marc Rivoit, le comptable d'Avrant qui comparaissait. Malgré un bon avocat, il fut accusé d'être à la tête de toute cette affaire, au même titre qu'Avrant. Il écopa d'une peine de dix ans de prison.

Quelques semaines plus tard, ce fut au tour de Bertrand Sureau d'être jugé. À la surprise générale, les deux architectes qui étaient présents demandèrent l'autorisation de s'adresser au jury. Ce fut Plisson qui prit la parole. Il appréhendait de se retrouver face à cet homme qui l'avait séquestré, mais il était bien décidé à affronter ses démons et à les exorciser :

– Mesdames et messieurs les jurés, je tenais seulement à vous faire part de mes états d'âme. Cet homme qui se tient devant vous a bouleversé ma vie. Il m'a infligé de douloureuses tortures physiques et morales qui me poursuivront probablement longtemps. Cependant, sachez qu'il s'est repenti. J'ai pu avoir une conversation avec lui et aujourd'hui, je pense qu'il n'est plus le monstre que j'ai connu. Il s'est adouci et a pris conscience de certaines choses. De plus, nous connaissons l'influence qu'Avrant peut avoir sur un individu en position de faiblesse. Bref, je dois vous dire que monsieur Couvier et moi lui accordons notre pardon.

Plus personne n'osait bouger dans l'assistance. Un silence de mort régnait dans la salle. De telles révélations étaient inattendues et quelques-uns en ressentirent un certain malaise. Est-il possible de pardonner après tout ça ?

Une larme roula sur la joue de Sureau, qu'il essuya maladroitement avec la manche de son uniforme carcéral. Certains membres du jury observèrent le mot « merci » se former sur ses lèvres avant qu'il ne s'effondre sur sa chaise. Ses jambes ne le portaient plus. L'instant de surprise passé, un murmure de désapprobation s'empara de la salle et le juge dut demander le silence à plusieurs reprises. Il se racla la gorge et tenta de dissimuler son mécontentement avant de s'adresser à Sureau :

– Monsieur, je crains que vous n'ayez plus besoin d'avocat. Vos victimes se chargent d'assurer votre défense ! lança-t-il d'un air narquois. Continuons, je vous prie !

L'avocat de Sureau prit alors la parole. Il sauta sur l'occasion et insista sur le fait que son client était un homme influençable, motivé par l'argent, ce dont il manquait cruellement. Il mit ensuite en avant la vie difficile de Sureau, et les efforts de celui-ci à vouloir s'intégrer dans une société qui ne cessait de le rejeter.

Plusieurs séances furent nécessaires afin de clore le procès et le jury semblait sceptique. Après trois heures de délibération, on retint surtout la cruauté des sévices infligés à Plisson, et Sureau fut finalement condamné à quinze ans de prison ferme.

À la fin du procès, Avril, Vatier et Veneau se hâtèrent de quitter la salle avant d'être pris dans la foule.

– Nous avons reçu là une belle leçon d'humanité, dit Avril l'air encore perplexe. Des victimes défendant leur tortionnaire, je dois dire que je n'avais jamais vu ça !

– Si tout le monde était ainsi, bon nombre de guerres seraient évitées, renchérit Veneau.

– C'est vrai que les perspectives d'avenir sont limitées après quinze ans de prison, reconnut Vatier. Peut-être est-ce là l'inconvénient de notre système judiciaire. À sa sortie, Sureau aura sûrement des difficultés à trouver du travail si, bien sûr, il ne fait pas de mauvaises rencontres en prison. Dans un cas comme dans l'autre, sa vie ne changera pas.

– Je ne sais pas quelle serait la solution pour ne plus fermer toute perspective d'avenir à un individu en l'enfermant, mais en s'assurant qu'il n'y a aucun risque de récidive, lança pensivement Veneau.

Ses acolytes haussèrent les épaules. Eux-mêmes n'en savaient rien.

Le procès d'Avrant qui eut lieu quelques semaines plus tard fit couler beaucoup d'encre. La salle d'audience était pleine, les médias comme le public se pressaient pour apercevoir l'homme à l'origine de toute cette affaire. En l'espace de quelques mois, Avrant avait perdu de sa superbe et de l'arrogance qui le caractérisaient. Il semblait avoir vieilli de dix ans ; il s'était voûté, ses cheveux avaient blanchi et sa peau s'était flétrie. Il ne dit pas un traître mot au cours du procès, laissant le soin de sa défense à son avocat. Les architectes, ses complices, son comptable, et même sa femme, plaidèrent contre lui. Avrant se trouvait désormais seul face à ses responsabilités.

Charles et Jean-Louis cherchèrent plusieurs fois à capter son regard, sans succès. L'ancien entrepreneur veillait à les éviter. À un homme comme Avrant, les deux architectes ne pouvaient rien pardonner. C'était à cause de ce genre d'individus que le monde était si triste, ne cessait de se répéter Jean-Louis.

Odette et Aline avaient préféré ne pas assister au procès. Elles craignaient de ne pas se maîtriser et de faire un esclandre.

Quand le président du tribunal donna la parole à l'avocat général, un grand silence se fit dans la salle. Celui-ci prit le temps de rappeler les faits à l'auditoire.

À mesure qu'il parlait, son ton devint ironique :

– Monsieur Avrant était fort étonné que ses deux architectes refusent de travailler dans les conditions qui leur étaient imposées. Sur le rapport que j'ai entre les mains, je lis que le sol des chantiers est marécageux, que les murs des nouveaux logements déjà construits se fissurent, se parsèment de moisissures car l'eau s'infiltre partout ! Il semble que tout le monde savait que sous ces terrains coulent en permanence des sources... Mais peut-être fallait-il faire comme si de rien n'était ?!

L'avocat d'Avrant savait que la partie était perdue d'avance. Il se contenta donc de trouver des circonstances atténuantes à son client.

– Que puis-je dire, sinon que mon client a été victime d'une crise de folie, pris dans le cercle infernal où il se débattait, avec des hommes qu'il n'a pas su ou pu retenir... Il a fermé les yeux. Je demande à la cour l'indulgence.

Un « Oh ! » de stupéfaction s'éleva parmi l'assistance.

– Silence ou je fais évacuer la salle ! tonna le président de l'assemblée.

Les jurés se retirèrent pour délibérer. Cela leur prit cinq heures avant qu'ils ne fassent connaître leurs conclusions.

Finalement, Avrant fut condamné à vingt ans de prison ferme et à une amende de trois cent mille euros à verser aux architectes pour préjudice physique et moral.

Après l'annonce du verdict, Avrant se leva dignement et quitta la salle d'audience en regardant droit devant lui, encadré par deux policiers.

Charles et Jean-Louis se sentaient soulagés. Toute cette histoire était désormais terminée, il ne leur restait plus qu'à se tourner vers l'avenir et à se reconstruire. Ils ne reverraient plus la face d'Avrant avant longtemps, si ce n'était dans leurs cauchemars. Ils attendirent que la salle se vide et rejoignirent les policiers.

Dans la salle des Pas Perdus, le commissaire Vivien attendait Vatier.

– Alors ? demanda-t-il.

– Vingt ans de prison ferme, lui apprit le commandant.

– Pour moi, cela valait la prison à vie, déclara Vivien en portant sa pipe à ses lèvres. Bonsoir…

Vatier le suivit du regard tandis qu'il se fondait dans la foule qui gagnait la sortie.

– Monsieur, je tiens à vous remercier pour ce que vous avez fait pour nous et nos familles, fit la voix de Jean-Louis derrière lui.

Vatier se retourna et lui sourit :

– Nous n'avons fait que notre boulot !

Ils quittèrent ensemble le tribunal et retrouvèrent Odette et Aline qui les attendaient à la sortie. On leur fit part du jugement et Odette s'exclama :

– J'espère bien qu'à sa sortie il ne sera plus en état de nuire à quiconque !

Ils l'approuvèrent tous du regard.

Aline changea de sujet :

– Messieurs, pour vous remercier, j'aimerais vous inviter à dîner à la maison cette semaine.

Les policiers acceptèrent avec plaisir et rendez-vous fut pris pour le lendemain soir. Ils discutèrent encore un moment puis chacun rentra chez soi.

Vatier se rendit directement chez Marie-Anne qui l'attendait avec impatience. Il avait à peine franchi le pas de la porte qu'elle se précipita vers lui :

– Alors, comment s'est déroulé le procès? lui demanda-t-elle.

Il lui raconta en détail. Après quoi, il s'approcha d'elle pour l'enlacer.

– Je suis bien contente que les choses se terminent ainsi, dit-elle. Tu m'as tant parlé de ces deux familles que j'ai fini par les apprécier!

– Et ce n'est pas tout, répondit Jacques. Madame Plisson nous a invités à manger chez elle demain soir. Cela me ferait extrêmement plaisir que tu viennes avec moi. Avril et Veneau seront là eux aussi et je suis sûre que tu t'entendras à merveille avec les épouses des architectes.

– Bien sûr, accepta Marie-Anne. J'ai hâte de rencontrer tous ces gens que j'ai déjà l'impression de connaître un peu.

– Dans un sens, c'est le cas: nous avons beaucoup discuté d'eux ces derniers temps. Tu sais, j'apprécie ton attention et ton soutien. Je crois que bien souvent c'est grâce à toi si je n'ai pas perdu les pédales. Ton regard extérieur est très important pour moi et je voulais que tu saches à quel point ton avis et tes conseils comptent.

Marie-Anne eut un sourire de reconnaissance. De telles déclarations n'étaient pas monnaie courante chez Jacques.

Il croisa son regard, et gêné de s'être livré, il changea de sujet:

– Pour fêter la fin de cette enquête, je t'invite au restaurant! Dépêche-toi d'aller mettre ta plus belle robe, je vais t'emmener dans un endroit comme tu n'en as jamais vu encore!

Marie-Anne lui rit au nez:

– Mon Dieu, mais que ferais-je sans toi ?

Elle se dépêcha malgré tout de grimper l'escalier pour aller se préparer.

– J'y vais avant que tu ne changes d'avis, j'en ai pour deux minutes ! lança-t-elle.

Jacques l'observa pendant qu'elle montait à l'étage, l'air amusé. Il ne se lassait pas des moments passés avec elle. Son seul regret était de ne pas lui avoir ouvert son cœur plus tôt.

J'ai mis longtemps avant d'accepter le fait que j'étais amoureux, pensa-t-il. Pourtant cette femme est aujourd'hui le plus grand bonheur de ma vie…

Il poussa un soupir de satisfaction et s'installa plus confortablement au fond du canapé.

Un de ces jours, il va falloir que je pense à faire ma demande en mariage, songea-t-il. Après tout, il n'est jamais trop tard…

Directrice littéraire
Nathalie Nghien

Compogravure Maud Hillard
49300 Le Puy-Saint-Bonnet

Impression
Imprimerie Jouve
53100 Mayenne

DÉPÔT LÉGAL
Avril 2010

509225K